Begegnung in Paris

und andere Geschichten

Herstellung und Verlag: BoD – Books on Demand,
Norderstedt
ISBN: 9783758321740

Inhalt:

Begegnung in Paris

Man hatte ihn in der kleinen Dorfkirche aufgebahrt. Auf dem Altar brannten zwei dicke weiße Kerzen, und ihr flackerndes Licht warf bizarre Schatten an die hellen schmucklosen Wände. Durch die bunten Glasfenster dicht unter der gewölbten Decke fiel nur wenig Licht herein an diesem trüben Herbstabend. Von den Nischen her, und aus der Tiefe des Schiffes kroch die Dämmerung langsam näher und engte den Kegel des Kerzenlichts immer mehr ein.

Marianne Bernatzky stand neben dem Sarg und blickte tränenlos in das bleiche Gesicht mit den geschlossenen Augen. Er war noch so jung. Man hatte ihm das schwarze kurzgeschnittene Haar frisch frisiert, und nichts erinnerte mehr an die widerspenstige Tolle, die ihm stets in die Stirn gefallen war. Seine Wangen wirkten schmaler, aber sein Mund schien, wie immer, zu lächeln, und niemals zuvor war er der Kalksteinbüste so ähnlich gewesen, wie in diesem Augenblick.

Er lag inmitten eines Meeres aus Blumen, das einen intensiven süßlichen Duft ausströmte. Das weiße Totenhemd, das man ihm angezogen hatte, wollte nicht zu ihm passen, und auch nicht die über der Brust gefalteten Hände.

Marianne hob den Blick und starrte in das Halbdunkel.

„Seny", sagte sie leise, „ich weiß, dass du hier bist und mich hörst. Warum bist du schon gegangen? Warum bist du nicht ein bisschen länger geblieben? Nur ein kleines bisschen?"

Aus der Richtung der Eingangstür kam ein leises Knacken. Jemand drückte vorsichtig von außen die Klinke hinunter, und mit unerwartet lautem Knarren gab die Tür nach und öffnete sich einen Spalt. Peter Bernatzky steckte seinen blonden Kopf hindurch und trat dann ein. Er legte Marianne behutsam den Arm um die

Schultern.

„Komm, Mama. Komm mit nach Hause. Es hat keinen Sinn, länger hierzubleiben, du kannst ihm nicht mehr helfen."

Marianne atmete tief, es klang wie ein langes Seufzen. „Du hast recht", sagte sie und mit einem Anflug von Müdigkeit in der Stimme. „Es mußte wohl sein, er hat es so gewollt."

Der blonde Junge wollte ihr widersprechen, doch dann schwieg er. Matthias war nicht absichtlich in den Tod gefahren. Ein Lastwagen hatte nach links ausgeschert, gerade, als er ihn mit seinem Motorrad überholen wollte. Er war gegen die Leitplanke geschleudert worden und war sofort tot. Mama wußte das.

Marianne wandte sich von dem Toten ab und lehnte die Stirn an die Schulter ihres Sohnes. Sie spürte wieder dieses Schuldgefühl, wie jedesmal, wenn ihr bewußt wurde, dass ihr Matthias mehr bedeutete, als ihre eigenen Söhne. Sie erinnerte sich an einen Tag, als alle drei noch Kinder waren. Sie hatte ihnen von einer Reise Spielzeugautos mitgebracht, und Matthias bekam das größte und schönste. Peter und Thomas standen daneben und begriffen nicht, warum ihre Mutter, wie so oft, den kleinen Nachbarjungen bevorzugte. Sie mochten ihn, und sie hatten sich daran gewöhnt, dass er bei ihnen ein- und ausging, als wäre es auch sein Zuhause, aber um die besondere Liebe ihrer Mutter beneideten sie ihn manchmal ein wenig.

„Gib mir noch zehn Minuten", bat Marianne, „dann komme ich."

„In Ordnung, ich warte im Wagen."

Marianne fuhr ihm flüchtig über die Wange.

„Danke."

„Aber wirklich nur zehn Minuten."

Sie nickte.

Als Peter gegangen war, zog sie sich einen Stuhl von der Wand herüber und setzte sich. Es war nicht einmal ein halbes Jahr her, seit Matthias diese Maschine bekommen hatte. Den Führerschein hatte er schon Wochen zuvor gemacht, und gleich an seinem achtzehnten Geburtstag war er das erste Mal mit dem Motorrad zur Schule gefahren. Als er zurückkam, bog er zuerst bei ihr in den Hof ein, bevor er nach Hause fuhr. Sie hatte den Motorenlärm gehört und war ans Fenster gelaufen, - und da stand er: Glückstrahlend, mit Helm und Handschuhen winkend.

„Schau sie dir an, Marianne, sie ist ein Traum", rief er lachend zum Fenster hinauf. Dann stürmte er durch die Tür herein, nahm sie übermütig in den Arm und wirbelte sie herum. Prustend und lachend versuchte sie, sich loszumachen. „Du Kindskopf!", sagte sie, nachdem er sie wieder auf den Boden gestellt hatte. „Jetzt gib mir doch erst mal Zeit, dir richtig zu gratulieren, wie sich's gehört."

Dann wurde sie ernst. Sie nahm sein Gesicht in beide Hände und schaute ihn liebevoll an. „Ich wünsche dir alles Gute zu deinem Geburtstag", sagte sie, „und bleib wie du bist." Und dann fügte sie voller Sorge hinzu: „Und pass auf mit diesem Ding da draußen."

„Ja, ja, das mach ich schon", lachte er unbekümmert und nahm sie noch einmal in den Arm, während sein Blick neugierig im Zimmer umherschweifte und schließlich mit einem „Oh!" an dem hübsch verpackten Geschenk hängenblieb, das auf dem Schrank lag.

„Ist das für mich?", fragte er strahlend und betrachtete es neugierig von allen Seiten.

Sie lachte. „Natürlich ist das für dich."

„Es fühlt sich an wie ein Buch."

„Sieh nach!"

Ungeduldig riß er das Papier herunter. Es war tatsächlich ein Buch.

„Ägypten in der XVIII. Dynastie", las er verwundert. Im ersten Augenblick schien es, als sei er ein wenig enttäuscht, doch dann hellte sich sein Gesicht auf.

„Wenn du mir dieses Buch schenkst, obwohl du weißt, dass ich mich nicht sonderlich für die alten Ägypter interessiere, dann muß es eine besondere

Bewandtnis damit haben, stimmt's?"

„Stimmt."

„Also, dann schieß los. Erzähl' mal."

Sie setzte sich auf die Couch und deutete auf den Platz neben sich.

„Komm, Seny, setz dich zu mir."

Er ließ sich neben sie fallen.

„Seny, - ja richtig", sagte er. „Du wolltest mir an meinem achtzehnten Geburtstag zwei Fragen beantworten, das hast du mir vor langer Zeit versprochen."

Sie lächelte. „Ich weiß."

„Einmal wolltest du mir sagen, warum du mich manchmal Seny nennst, und dann, warum du ‚Mein Gott, ein Kind!' gesagt hast, als ich das erste Mal zu euch kam."

Sie lächelte noch immer. Als er zwölf war, hatte er sie schon einmal danach gefragt, sie erinnerte sich daran. Sie hatte ihn auf seinen achtzehnten Geburtstag vertröstet. Später fürchtete sie manchmal, ihr könnte nicht mehr genug Zeit bleiben, ihm zu erklären, wer er war.

„Schlag das Buch auf", sagte sie.

Er sah sie fragend an und blätterte planlos ein paar Seiten um. „Aber wo?"

„Ich würde mal unter ‚S' nachsehen. ‚S' wie Seny."

Er schlug das Inhaltsverzeichnis auf und fuhr mit dem Finger die Seite hinunter. Auf einmal stutzte er. „Seny-Nefer, ist es das?"

„Schau nach!"

Er schlug das Buch an der angegebenen Stelle auf. Dort nahm ein Foto die ganze Seite ein. Es zeigte einen jungen Ägypter, eine Büste aus bemaltem Kalkstein. Das Gesicht war schmal, mit leicht gebogener ebenmäßiger Nase, mit kleinem rundem ausgeprägtem Kinn und geheimnisvoll lächelndem Mund. Die Augen waren mit schwarzem Kohol geschminkt, wie es im damaligen Ägypten üblich war, und er trug auch die obligatorische Perücke, die den Kopf wie ein Helm umschloss und nur die Ohrläppchen herausschauen ließ.

„Das bin ja ich!," rief Matthias.

Marianne lächelte. „Ja, das bist du."

„Nein, ehrlich, - der sieht aus, wie ich."

Sie nickte. „Ich will dir heute etwas erzählen, was ich bisher noch keinem Menschen erzählt habe. Damit werde ich gleichzeitig auch deine Fragen beantworten."

Sie lehnte sich zurück und machte eine kleine Pause, dann begann sie:

„Vor etwa zehn Jahren bekam ich ganz unverhofft die Gelegenheit, mit einem befreundeten Ehepaar nach Paris zu fahren. Sie hatten dort eine wichtige Angelegenheit zu regeln, und so fand ich mich eines Nachmittags mir selbst überlassen auf dem Platz vor der Notre Dame wieder. Es gab so viel Aufregendes in Paris, - womit sollte ich anfangen? Was sollte ich mir als Erstes ansehen?

Seltsamerweise fiel mir in diesem Augenblick nur der Louvre ein, - ich hätte nicht sagen können, warum. Genauso gut hätte ich zur Sacré Coeur hinauffahren können, auf den Eiffelturm, zum Triumphbogen..., aber ich dachte nur an den Louvre.

Du weißt, dass ich die alten Ägypter schon immer mochte, deshalb war es kein Wunder, dass ich in der Ägyptischen Abteilung landete. Da gab es wunderschöne Dinge zu sehen, die mich faszinierten: Schmuck aus Gold mit eingelegten farbigen Steinen, Ringe mit Lapislazuli, kleine Schminkdöschen und Vasen aus Alabaster. Außerdem Möbelstücke und andere Gebrauchsgegenstände, und sogar Mumien in ihren kunstvoll verzierten Schreinen.

Nach einer guten Stunde kam ich in einen Raum, in dessen Mitte auf einer Vitrine die Büste eines jungen Mannes stand. Es war genau diese bemalte Kalksteinbüste, die hier abgebildet ist. Doch dieses Foto kann nicht annähernd die Verzauberung wiedergeben, die tatsächlich von ihr ausging. Das Gesicht wirkte so lebendig, die Augen schienen zu funkeln. Der Mund war nicht starr, wie aus Stein, sondern es schien, als wäre er aus Fleisch und Blut und als bewegten sich die Lippen zu immer strahlenderem Lächeln. Ich hielt den Atem an, und das Herz schlug mir bis zum Halse. In diesem Augenblick wußte ich, dass mich meine Reise eigens wegen dieser Begegnung nach Paris geführt hatte.

Und auf einmal zwinkerten mir die Augen des jungen Ägypters zu, der Mund schien zu sprechen, und ich sah, dass der Kopf nicht mehr zu der Büste auf der Vitrine gehörte, sondern zu einem schlanken braungebrannten Körper, der in ein langes weichfließendes Gewand gekleidet war.

,So bist du endlich gekommen', hörte ich ihn sagen, ,ich habe auf dich gewartet.'

Ich war unfähig, mich zu bewegen. Ich starrte ihn nur an, und tausend Gedanken stürmten plötzlich auf mich ein, rissen mich mit sich, wirbelten und tanzten in meinem Kopf, dass ich mir die Schläfen halten mußte.

Ich kannte ihn, ich wußte auf einmal, wer er war. Ich erinnerte mich daran, dass ich einmal ein sehr glückliches Leben zusammen mit ihm verbracht hatte, dass er mir fehlte, und dass ich mich einsam und allein fühlte ohne ihn...

‚Seny,' flüsterte ich, aber kein Wort schien über meine Lippen zu kommen. Er lächelte noch immer, hob den Arm und griff nach meiner Hand.

‚Du hast es nicht leicht in deinem jetzigen Leben', sagte er. ‚Er hat dich verlassen, und du stehst mit den beiden Kindern allein da. Dein Leben ist Kampf, Enttäuschung und Einsamkeit. Das ist die Aufgabe, die zu bewältigen du dir selbst auferlegt hast. Ich würde dir gern helfen dabei, doch das kann und darf ich nicht, so waren wir übereingekommen. Ich möchte dir jedoch Mut machen, möchte dir zeigen, dass ich da bin, dass ich immer an dich denke, und dass ich auf dich warten werde. Ich möchte, dass du niemals vergisst, dass wir eines Tages, in einer anderen fernen Zeit, wieder zusammen sein werden. Doch schon vorher werde ich kurz in dein Leben treten..., - bald! Aber...' "

Sie schwieg.

„Und?" fragte Matthias mit belegter Stimme, „was: ‚Aber...'?"

Sie schluckte. „Nichts."

„Du sagtest ‚Aber...', also muß er doch noch weitergesprochen haben."

„Nein, er hat nichts mehr gesagt. Sein Bild verschwamm vor meinen Augen, wurde allmählich schwächer und war plötzlich ganz verschwunden. Und ich fühlte mich entsetzlich kalt und allein."

Matthias hatte recht gehabt, Seny hatte weitergesprochen. ‚Aber', hatte er gesagt, ‚es wird nur ein sehr kurzes Stück des Weges sein, dass ich dich begleiten kann. Nur einen Augenblick in der Ewigkeit.' - Wie hätte sie das Matthias sagen können?

„Erzähl' weiter", bat er.

„Da gibt es nicht mehr viel zu erzählen", sagte sie, „ich schlug die Augen auf und lag auf einer der Bänke im Louvre. Ich war ohnmächtig gewesen. Neugierige Gesichter starrten auf mich herab und redeten auf mich ein. Ich verstand kein Wort. Ich versuchte, mich aufzurichten. Eine alte Frau half mir dabei und fragte mich auf englisch und französisch, ob ich Schmerzen habe. Ich schüttelte den Kopf, doch ich war noch ganz benommen, als ich aufstand. Die Leute bildeten eine Gasse und ließen mich hindurch.

Ein paar Meter weiter, mitten im Raum, stand Seny-Nefer auf der Vitrine und schaute mich mit seinem geheimnisvollen Lächeln an, als wollte er mich noch einmal an seine Worte erinnern.

Von diesem Moment an wartete ich auf ihn. Jedem Mann, der mir begegnete, warf ich heimlich einen prüfenden Blick zu, - in den Tuilerien, wo ich anschließend spazieren ging, im Restaurant, in dem ich mit meinen Bekannten zu Abend aß, an der Tankstelle und am Imbissstand der Autobahnraststätte...

Als Wochen vergangen waren und mir Seny noch immer nicht begegnet war, glaubte ich, alles sei nur ein schöner Traum gewesen.

Und dann brachte Thomas eines Tages einen kleinen Jungen mit nach Hause. Ich war gerade beim Kuchenbacken, - erinnerst du dich? Ihr kamt herein, und Thomas sagte: ‚Das ist Matthias, er ist gegenüber eingezogen. Ab morgen gehen wir zusammen zur Schule. Und jetzt wollen wir spielen.'

Ich sah dich an und wußte, wer du warst. Und verwundert rief ich: ‚Oh mein Gott, ein Kind!' - Den Rest der Geschichte kennst du."

Marianne Bernatzky stand auf und stellte den Stuhl an die Wand zurück. Mit dem Zeigefingerrücken fuhr sie dem Toten über die kalte bleiche Wange.

„Leb wohl, Seny", sagte sie leise, „bis bald!" Und dann ging sie mit festen Schritten dem Ausgang zu.

Geisterstunde

Zwanzig Jahre hatte ich gebraucht, um mir meinen Traum zu erfüllen und mir das alte Herrenhaus am Flussufer kaufen zu können, und zehn weitere Jahre, bis es so hergerichtet war, wie ich es mir vorgestellt hatte. Als es endlich geschafft war, erfüllte mich unbändiger Stolz, und ich hätte gewiss noch eine Reihe glücklicher Jahre vor mir gehabt, - wäre nicht Molly in mein Haus gekommen. Sie war ein junges Ding aus dem Dorf, kam aus ärmlichen Verhältnissen, ohne jegliche Bildung und mit vorlautem Mundwerk. Aber sie war schön! Wunderschön! Selbst einem Mann in meinem Alter ließ sie das Blut noch in den Adern rasen.

Eigentlich hätte sie sich nur um den Haushalt kümmern sollen, aber bald kümmerte sie sich weitaus intensiver um mich, und ich Narr ließ sie gewähren. Um ehrlich zu sein, es schmeichelte mir sogar, und ich vergaß, dass ich ein alter Mann war. Ich machte den schlimmsten Fehler meines Lebens: Ich heiratete sie! Viel zu spät merkte ich, dass sie nicht mich gewollt hatte, sondern nur mein Haus und mein Geld.

Bald betrog sie mich mit Bertram, einem Jungen aus dem Dorf. Zuerst traf sie ihn nur heimlich in der Scheune, im Garten hinten den Büschen oder auch im nahegelegenen Wäldchen. Doch bald scheute sie sich nicht einmal mehr, in meinem eigenen Haus, vor meinen Augen mit ihm herumzuschmusen, hell aufzukreischen, wenn er ihr an den Busen fasste oder sie ins Hinterteil kniff. Sie schaute sogar mit einem spöttischen Blick dabei zu mir herüber, um sicherzugehen, dass ich es auch wirklich sah.

Und dann eines Tages.... da stieß sie mich brutal die Kellertreppe hinunter. Niemals werde ich das triumphierende Lachen vergessen, mit dem sie von der obersten Stufe auf mich herabsah, bevor sie die Tür schloss und mich einfach liegenließ. Zwei Tage brauchte ich, um zu sterben, zwei Tage voller Schmerz und Pein, unfähig zu rufen oder mich bemerkbar zu machen. Dann endlich war meine Seele frei. Doch ich sann auf Rache, und diese Rachegedanken hielten mich im Haus gefangen und hinderten mich daran, den Weg in höhere Gefilde zu finden, wo ich eigentlich längst hingehört hätte. Ich beschloß, zu spuken und Molly aus dem Haus, - aus *meinem* Haus, - zu vertreiben. Ich nahm all meine Energie zusammen, und in einer dunklen kalten Winternacht gelang es mir tatsächlich, vor Molly zu erscheinen. Sie stieß einen schrillen Schrei aus und blieb kreidebleich und entsetzt stehen, als sie mich sah. Ihr Anblick erfüllte mich mit Genugtuung, und ich nahm mir vor, mich nun häufiger zu einer derartigen Vorstellung aufzuraffen. Doch leider gewöhnte sie sich an mein regelmäßiges Erscheinen. Kein Erbleichen mehr, kein Zittern, kein entsetzter Schrei. Im

Gegenteil, eines Tages warf sie sogar mit einem Krug nach mir und schrie: „Verschwinde endlich, Alter!"
Schon wollte ich resigniert aufgeben, als ich bemerkte, dass ihr Bertram allmählich auf die Nerven ging. Er hatte sich allzu häuslich bei ihr niedergelassen, seit ich nicht mehr da war. Den ganzen Tag lag er auf der faulen Haut und lebte von meinen Hinterlassenschaften, und von Molly erwartete er, dass sie ihn von vorne bis hinten bediente. Doch da kannte er sie schlecht! Eines Abends lauerte sie ihm in der Diele auf, schlich sich von hinten an ihn heran und versetzte ihm mit einem Hammer einen kräftigen Schlag auf den Hinterkopf. Laut polternd brach er auf den Fliesen zusammen. Sie öffnete die Haustüre, zerrte ihn die Stufen hinunter bis auf die Einfahrt und gab ihm zum Abschied noch einen Stups mit der Schuhspitze. Dann verschloss sie die Haustüre und legte die Kette vor. Den Hammer hatte sie für einen Augenblick auf der Hutablage der

Garderobe abgelegt, bis sie mit einem Eimer Seifenwasser die Fliesen gereinigt hatte.

Das war meine Chance, ich nahm den Hammer an mich. Mit all dem Blut aus Bertrams Kopf und den verklebten Haaren, die daran hängengeblieben waren, und mit ihren Fingerabdrücken. Sie suchte verzweifelt danach, stieg auf einen Stuhl, um nachzusehen, wohin er gerutscht sein mochte. Sie heulte und fluchte, - aber sie fand ihn nicht.

Später, als die Polizei bei ihr vorsprach, erzählte sie die Geschichte, die sie sich zurechtgelegt hatte: Bertram habe ihr schon seit Wochen nachgestellt, aber sie sei niemals interessiert an ihm gewesen. An jenem Abend hatte sie ihn nicht gesehen. Die Haustüre sei fest verriegelt und die Klingel abgestellt gewesen, und sie hatte sich einen spannenden Film im Fernsehen angeschaut. - Nein, gehört hatte sie nichts, - außer den Schreien des Opfers im Kriminalfilm auf der Mattscheibe.

In diesem Augenblick fiel der Blick des Kommissars auf die Hutablage in der Diele. Natürlich hatte ich das Beweisstück wieder an Ort und Stelle zurückgelegt. Mit seinem Taschentuch angelte er es herunter. „Was haben wir denn da?" fragte er, betrachtete es nachdenklich und sah dann Molly an. Sie war weiß wie eine Wand geworden.

„Ich verhafte Sie wegen Mordes," sagte er zu ihr und fingerte an seinem Gürtel nach den Handschellen.

Während man sie in das Polizeiauto drängte, fühlte ich mich endlich wieder leicht und frei. Die Gerechtigkeit hatte gesiegt. Jetzt konnte ich mich himmelwärts auf den Weg machen, - ich hoffte nur, dass mir Bertram nicht begegnen würde.

Wohl dem, der einen Martin hat

Es war an einem Sonntag zwischen Weihnachten und Neujahr. Zu Mittag hatte es Helenes berühmten Entenbraten gegeben, und nun saß Paul Blasius satt und zufrieden in seinem Sessel am Fenster und las die Zeitung.

Ihm gegenüber auf dem Sofa saß Helene und strickte, sie hatte sich die Kissen gemütlich in der Ecke zurechtgerückt. Der Pullover, an dem sie arbeitete, war für ihn bestimmt. Eigentlich hätte er zu Weihnachten fertig sein sollen, aber sie hatte es nicht mehr geschafft, weil so viel anderes zu tun gewesen war.

Nach einer Weile wurde Paul schläfrig und gähnte. Er ließ die Zeitung auf die Knie sinken und schaute zum Fenster hinaus. In der Nacht hatte es geschneit, und die ganze Welt schien wie in weiche weiße Watte gepackt. Die langen Ruten des Winterjasmins im Vorgarten neigten sich bis fast auf den Boden unter der Last des Schnees. Die Kinder vom Nachbarn auf der gegenüberliegenden Straßenseite bauten einen Schneemann. Eine alte Frau zog einen Schlitten, auf dem ein kleiner vermummter Junge saß. Ihr Atem hing wie ein weißes Wölkchen in der kälteklirrenden Luft.

Ein Taxi fuhr vorüber. Nein, - zu seinem Erstaunen stellte Paul fest, dass es direkt vor seinem Gartentor hielt. Er reckte den Hals ein wenig, um besser hinaussehen zu können. Ein Mann stieg aus, und nachdem das Taxi weitergefahren war, stand er unschlüssig da und schaute zum Haus herüber. Er war groß, schlank und dunkelhaarig. In der einen Hand trug er eine lederne Reisetasche, mit der anderen öffnete er nun das Tor.

„Wer ist denn das?", murmelte Paul Blasius vor sich hin. „Der will ja zu uns."

Helene hatte ihr Strickzeug beiseitegelegt und kam zu ihm herüber, weil sie neugierig war, was es da zu sehen gab.

„Martin!", rief sie plötzlich, „das ist Martin!"

Sie war ganz aufgeregt und lief aus dem Zimmer.

Wer ist Martin, dachte Paul, ich habe nie von einem Martin gehört. Und dann sah er Helene den Gartenweg entlang- und auf den Fremden zulaufen, und der ließ seine Tasche fallen und fing sie in seinen Armen auf.

Paul Blasius ärgerte sich. Warum hatte Helene ihm nie etwas von diesem Martin erzählt? Sie hatte weder einen Bruder noch einen Vetter, der so hieß, - oder sollte sie etwa...? Seine Helene? Er wagte nicht, diesen Gedanken zu Ende zu denken.

Einige Augenblicke später standen die beiden Arm in Arm im Türrahmen.

„Paul, das ist Martin", sagte Helene mit strahlenden Augen, und an den Fremden gewandt: „Martin, das ist mein Mann Paul."

Die beiden Männer gaben sich die Hand.

„Und wer, bitte schön, ist Martin?" fragte

Paul ein wenig gereizt. Was fiel diesem Mann ein, einfach ohne Voranmeldung hier aufzukreuzen?

„Martin ist mein Freund", sagte Helene.

„Dein was?" Paul glaubte, nicht richtig gehört zu haben.

„Ja, mein Freund", wiederholte Helene arglos. Sie nahm Martin den Mantel ab, bot ihm Platz auf dem Sofa und setzte sich neben ihn. Viel zu dicht neben ihn, dachte Paul, und dann besaß dieser Fremde auch noch die Dreistigkeit, seinen Arm um ihre Schultern zu legen und sie an sich zu drücken.

Paul wurde langsam böse.

„Kann mir mal jemand verraten, was hier gespielt wird?", fragte er ärgerlich.

Martin und Helene sahen einander lachend an.

„Erklärst du's ihm?", fragte sie ihn. Er nickte.

„Ja, ich bin Lenis Freund", wiederholte er, „und ich bin ihr alles, was Sie ihr nicht mehr sind, - sei es aus Egoismus, aus

Bequemlichkeit oder ganz einfach aus Gedankenlosigkeit."

Paul war sprachlos. Alles, was er ihr nicht war? Das verstand er nicht.

Martin sprach weiter: „Ich bin immer für sie da, wenn sie jemanden braucht. Wenn sie sich nach Zärtlichkeit sehnt, nach Verständnis, nach Mitgefühl oder Anerkennung... Ich höre ihr zu, wenn sie etwas auf dem Herzen hat, tröste sie, wenn sie traurig ist. Ich rede mit ihr über alles, was sie bewegt, teile Freude und Begeisterung mit ihr, und ich halte ihre Hand, wenn sie sich einsam fühlt..."

„Es ist nicht nötig, dass Sie sich darum kümmern, dazu hat sie doch mich!", sagte Paul.

Martin lächelte. „Sind Sie sicher?"

„Natürlich, ich bin doch ihr Mann! Wir sind jetzt über vierzig Jahre verheiratet."

„Und wann haben Sie sie das letzte Mal in den Arm genommen? Wann haben Sie ihr das letzte Mal richtig zugehört oder hatten Zeit für sie? Haben Sie ihr jemals dafür gedankt, dass sie all die Jahre immer für Sie da war? - Wann haben Sie ihr das letzte Mal gesagt, dass Sie sie lieben?"

„Das weiß sie doch", brummte Paul.

Martin schüttelte den Kopf. „Das reicht nicht. Man muß es sagen. Und zeigen. - Immer wieder."

Paul schnaubte verächtlich. Was redete dieser Mann daher. Sie waren doch keine zwanzig mehr, und die Zeit des Turtelns war längst vorüber. Obwohl, - im Grunde seines Herzens verstand er, was er meinte, denn Leni war wirklich eine gute Frau. Immer war sie für ihn da gewesen, immer hatte sie zu ihm gehalten. Auf vieles hatte sie verzichtet, damit er seine Träume verwirklichen konnte. Er dachte nach. Vielleicht hatte er sich wirklich zu wenig um sie gekümmert. Hätte sie sich vielleicht ein ganz anderes Leben gewünscht?

Martin legte die Hand auf seinen Arm. „Es ist nicht zu spät", sagte er. „Fangen Sie gleich heute damit an, - und eines Tages braucht sie mich vielleicht gar nicht mehr."

Paul preßte die Lippen zusammen. Leni war

seine Frau. Es brauchte wirklich keinen anderen, um sie glücklich zu machen.

„Paul, du solltest dich ein bisschen hinlegen", hörte er sie sagen. „Komm, ich hab dir auf dem Sofa Platz gemacht, ich kann auch im Sessel stricken. Und dann hole ich dir eine Decke, sonst erkältest du dich wieder."

Paul schaute zu ihr hinüber. Sie war allein. Wo war Martin?

Sie klopfte die Kissen zurecht und sagte: „Nun komm schon. Ein Stündchen Schlaf wird dir guttun."

Paul sah sich um und rieb sich die Augen.

„Ist Martin nicht mehr da?", fragte er vorsichtig.

Helene sah ihn verständnislos an.

„Martin? Welcher Martin? - Ich glaube, du hast geträumt."

„Nein, ich hab doch gar nicht geschlafen."

Sie lachte. „Du kannst es ruhig zugeben, ich habe doch gesehen, dass du eingenickt bist."

Paul stand auf. Im Vorübergehen legte er

flüchtig den Arm um ihre Schulter und gab ihr unbeholfen einen Kuss auf die Wange. Das hatte er schon lange nicht mehr gemacht.

„Wenn ich dich nicht hätte", brummte er. Ihm fiel nichts Besseres ein, aber das war doch schon mal ein Anfang.

Leni lachte wieder. „Was ist denn los mit dir", meinte sie belustigt, „der Frühling beginnt doch erst in ein paar Wochen."

Paul legte sich seufzend auf dem Sofa zurecht, ließ sich von ihr zudecken und schloss die Augen.

Es ist wahr, dachte er, ich muß etwas tun. Ich werde Karten für die Oper besorgen, - davon träumt sie doch schon seit einer Ewigkeit. Und ich werde mir mehr Zeit für sie nehmen. Und überhaupt, - ich werde ihr sagen, wie schön es mit ihr war in all den Jahren. Und dann wird Martin keine Chance mehr haben.

Schließlich schlief er ein, - tief und traumlos, und voller guter Vorsätze.

Der Knotentest

So ein Pech, ich hatte mir meine neue weiße Bluse mit Tomatensoße verkleckert, und leise vor mich hin schimpfend versuchte ich, den Schaden zu beseitigen.

„Mußt mit ‚Super-Rein' waschen", warf mir unser 8jähriger Sohn mit erfahrener Miene über die Schulter zu.

„Und du glaubst, damit geht's raus?"

„Klar!"

„Woher willst denn du das wissen?"

„Noch nie was vom *Knotentest* gehört?"

Der Knotentest! Natürlich. Ich mußte lachen.

„Das ist Werbung", klärte ich ihn auf, „da darfst du nicht alles glauben."

Er war empört. „Aber alles war wieder sauber. Ich hab's doch selber gesehen."

Er wollte es mir unbedingt beweisen. Also gut, dachte ich, machen wir einen Knotentest. Ich stellte ein (nicht mehr so ganz schönes) Handtuch zur Verfügung, und mit Wonne verteilte und zerrieb er darauf alles, was ihm in die Finger kam: Schokolade, Ketchup, Bratensoße, einen Schuss Orangensaft und einen Klecks Himbeer-Eis. Zum Schluß krümelte er noch die Blumenerde darüber, die er von der Fensterbank aufsammelte, nachdem er beim Ballspielen das Alpenveilchen umgeworfen hatte.

Dann wurde das Handtuch mit all seinen Herrlichkeiten gut verknotet.

„Du wirst schon sehen", strahlte er mich erwartungsfroh an, während er auf seinem Fußbänkchen vor der Waschmaschine saß und zuschaute, wie das Testobjekt durch die Waschlauge gezwirbelt und geschwenkt wurde. Was war die Sesamstraße im Vergleich zu einem solchen Experiment!

Und dann kam endlich der große Moment. Er konnte es kaum erwarten. Türchen auf, und schon stieg uns der herrlich frische ,Super-Rein'-Blütenduft in die Nase. Seine kleinen Finger hatten Mühe, den Knoten zu lösen, aber er wollte sich nicht von mir helfen lassen. Und dann...!

Natürlich war ich zur Stelle, um meinen kleinen enttäuschten Liebling zu trösten, und mit noch mehr Schokolade und noch mehr Himbeer-Eis schaffte ich es schließlich, seine Welt so langsam wieder in Ordnung zu bringen.

Am nächsten Tag, als er aufs Sandmännchen wartete und in der Werbung eine Wundercreme superweiche Haut versprach, hörte ich ihn murmeln: „Glaub ich nicht! Ist ja doch alles gelogen!"

Zwischen Traum und Wirklichkeit

Dr. Wagner hatte Nachtdienst. Er saß an seinem Schreibtisch, gähnte und schaute auf die Armbanduhr. Es war viertel nach elf. Der Lichtkegel der Tischlampe fiel auf ein Heft mit orangefarbenem Einband. Auf dem Etikett stand in hübschen gleichmäßigen Buchstaben geschrieben: „Meine Geschichte"
Es war die Geschichte von Katrin Weikert.
Dr. Wagner mochte die kleine zierliche Frau mit den großen traurigen Augen. Sie war die Frau eines Kollegen, der sie ihm als Patientin anvertraut hatte. Er hatte ihr den Vorschlag gemacht, ihre Geschichte aufzuschreiben, das sollte ihr helfen, sich mit ihren Problemen auseinanderzusetzen. Eigentlich hatte er gehofft, sie damit für die nächsten Wochen beschäftigt zu haben, doch dann war sie in nur drei Tagen fertig gewesen. Allerdings sah das Ergebnis recht dürftig aus.
„Versprechen Sie mir, meine Zeilen noch

heute Nacht zu lesen, Doktor?" hatte sie ihn am Nachmittag gebeten, als sie ihm das Heft überreicht hatte. Sie wußte, dass er Nachtdienst hatte und somit Zeit genug, um einen Blick hineinzuwerfen.

Er hatte genickt und es versprochen.

Warum nicht?, sagte er sich. Vielleicht ergaben sich daraus Hinweise darüber, wie man ihre Therapie verändern oder gar verbessern konnte.

Nun setzte er sich bequem in seinem Sessel zurecht und zog noch einmal kräftig an seiner Zigarette, bevor er sie im Aschenbecher ausdrückte. Dann griff er nach dem Heft, schlug die erste Seite auf und begann zu lesen:

„Ich war schon seit langem von Lenny Brügge fasziniert. Ich liebte seine Lieder und seine einschmeichelnde Stimme. Im Laufe der Jahre hatte ich mir all seine Alben gekauft, und ich verpasste keinen einzigen seiner Auftritte im Fernsehen. Ich schnitt sämtliche Artikel und Fotos aus, die ich in den Zeitungen über ihn finden konnte und sammelte sie in einer Schachtel, die ich an einem geheimen Ort aufbewahrte.

Zugegeben, das mag ungewöhnlich klingen für eine Mutter von drei erwachsenen Kindern, für eine Frau von achtundvierzig, deren Mann als bekannter Chirurg mitten im öffentlichen Leben steht. Doch ich litt unter schweren Depressionen, weil ich mich einsam und ungeliebt fühlte, von niemandem mehr gebraucht. Unsere Tochter Monika war verheiratet und lebte hunderte von Kilometern weit von uns entfernt. Tobias, der Mittlere, hatte kurz zuvor in einer anderen Stadt sein Studium begonnen und sich dort ein Zimmer genommen, und nur Jochen, der Jüngste, wohnte noch zu Hause. Doch auch er war inzwischen in einem Alter, in dem er sich seine Freizeit lieber mit Freunden oder Mädchen um die Ohren schlug, anstatt sich um seine Mutter zu kümmern. Und Werner, mein Mann? Der hatte seit Monaten ein Verhältnis mit einer jungen Kollegin, und er gab sich nicht einmal Mühe, das vor mir oder der Öffentlichkeit geheimzuhalten.

Was blieb mir anderes übrig, als mir meine eigene Welt zu schaffen? Eine Welt, in der

Lenny Brügge und seine Musik der Mittelpunkt waren.

Ich traf Lenny das erste Mal an einem regnerischen Abend im November. Es war früh dunkel geworden, und ich saß in meinem Zimmer, eingerollt in meiner Lieblingsecke auf der Couch, und starrte durch das gardinenlose Fenster in den wolkenverhangenen Himmel über dem Garten. Das Dämmerlicht hatte sich gespenstisch im Raum ausgebreitet, und nur schemenhaft konnte man die Einrichtungsgegenstände erkennen: Den Schreibtisch mit der kleinen, dickbauchigen Lampe, das Bücherregal an der Wand daneben und den mannshohen Philodendron, dessen gefingerte Blätter mit etwas Phantasie bizarre Figuren erahnen ließen. An diesem Abend erinnerte er an einen Soldaten mit aufgepflanztem Bajonett.

Ich weiß nicht, wie lange ich so dasaß und meinen Gedanken nachging, - ich weiß nur, plötzlich war Lenny da. Er stand regungslos neben der Tür, und obwohl es fast dunkel im Raum war, konnte ich ihn doch erkennen und wußte, wer er war. Erschrocken war ich nicht, - nur grenzenlos erstaunt. Ich hielt den Atem an und wartete, was geschehen würde.

Verwirrt stand er da und schaute mich an.

„Hallo", sagte ich, „wo kommst denn du auf einmal her?"

Er kam einen Schritt näher, blieb wieder stehen und sah sich verwundert um.

„Ich... weiß es nicht", antwortete er.

„Schön, dass du da bist", sagte ich. „Ich habe zwar keine Ahnung, ob es ein Traum ist, oder ob ich es mir nur einbilde, aber trotzdem freue ich mich, dich zu sehen."

Ich deutete auf den freien Platz neben mir.

„Komm, setz dich."

Ich streckte meinen Arm nach ihm aus.

„Gib mir deine Hand, ich möchte wissen, wie sich ein Traum anfühlt."

Immer noch unsicher kam er zu mir herüber und setzte sich. Ich berührte seinen Arm und fuhr zurück. Ich hatte damit gerechnet, dass ich durch ihn hindurchgreifen würde, aber er fühlte sich fest und warm an, und ich spürte die Wolle seines Pullovers unter meinen Fingern.

„Ich verstehe überhaupt nicht, was passiert ist", sagte er, noch immer ein bisschen verwirrt. „Ich saß im Sessel am Kamin und habe gelesen... Ich muß wohl eingeschlafen sein."

„Ich kann es mir auch nicht erklären. Glaubst du wirklich, dass es ein Traum ist, den wir beide träumen?"

„Ist es denn überhaupt möglich, dass zwei Menschen den gleichen Traum haben können?"

„Das weiß ich nicht. Vielleicht habe ich mir einfach zu sehr gewünscht, dich zu treffen." Er hob die Schultern, dann sah er mich neugierig an. „Wer bist du eigentlich?"

„Ich heiße Katrin", antwortete ich, „und ich bin ein großer Fan von dir. Vielleicht sogar der größte." Ich lachte. „Zumindest bist du bei der Richtigen gelandet, wenn das eine Art von Service ist, den du dir für deine Anhänger ausgedacht hast."

Er lächelte. „Wenn ich genau wüßte, wie es zustande gekommen ist, könnte ich es vielleicht für die Fan-Clubs wiederholen."

Er sah sich im Zimmer um. „Lebst du allein hier?"

„Nein. Eigentlich sind wir eine große Familie, aber die beiden Ältesten sind schon aus dem Haus, und mein Mann und der Jüngste... Sie sind wohl ausgegangen." Ich seufzte. „Sie sind fast jeden Tag unterwegs."

„Und du? Warum bist du nicht auch ausgegangen, anstatt hier allein zu Hause im Dunkeln zu sitzen?"

„Oh, das ist eine lange Geschichte."

„Dann erzähl' sie mir!"

Ich sah ihn zweifelnd an. „Ich weiß nicht, ob sie dich interessieren würde."

„Warum nicht?" Er nickte mir aufmunternd zu. „Aus unerklärlichen Gründen bin ich nun mal hier. Ich denke, irgendwann wird es vorüber sein. Unterhalten wir uns, solange es dauert."

Ich erzählte ihm tatsächlich meine Geschichte, und er war ein guter Zuhörer. Und als ich damit fertig war, berichtete er über sich und sein Leben, und ich erfuhr viele Dinge über ihn, die in keiner Zeitung zu lesen waren. Ich war glücklich und fühlte mich leicht und frei, wie schon lange nicht mehr. Meine Wangen glühten wie bei einem Teenager, und beim Erzählen und Gestikulieren hatte sich mein aufgestecktes Haar gelöst und fiel mir über die Schultern. Lenny hielt mitten im Satz inne und schaute mich erstaunt an. „Du bist sehr hübsch", sagte er.

Ich wurde mir plötzlich meines Alters bewußt und schämte mich ein wenig. Er hätte fast mein Sohn sein können, und ich war ganz sicher alles andere als hübsch, das wußte ich.

„Du strahlst so viel Wärme aus", sagte er, „deine Augen sind so lebendig, und dein Lachen ist einfach mitreißend. Es macht Spaß, sich mit dir zu unterhalten."

Ich senkte den Kopf. „Ich bin eine alte Frau, von der niemand mehr etwas wissen will", antwortete ich, und diese unendliche Traurigkeit überfiel mich wieder.

„Nein", widersprach er mir, „ich sehe dich ganz anders. Ich kann nicht erkennen, ob du zwanzig bist oder fünfzig, - selbst, wenn ich es versuche. Aber vielleicht ist es ein Teil dieses Wunders, das wir gerade erleben, dass ich dich so sehe, wie es in deinem Herzen aussieht."

Er streckte die Hand nach mir aus und..., - plötzlich traf mich ein greller Lichtstrahl, so hell, dass mich meine Augen schmerzten. Ich verdeckte sie mit den Händen und blinzelte durch die Finger. Ich sah Jochen in der Tür stehen, er hatte das Licht angeknipst.

„Hast du geträumt, Mama?"

„Nein, ich..." Ich schaute mich nach Lenny um, doch er war nicht mehr da. Ich war enttäuscht, gleichzeitig aber auch froh darüber, dass ich meinem Sohn nicht erklären mußte, was der fremde junge Mann in meinem Zimmer tat.

„Geh doch zu Bett, Mama, und leg dich schlafen. Ich kann mir auch selbst noch was zu essen machen."

In dieser Nacht lag ich noch lange wach, und in meinem Kopf schwirrten tausend Gedanken. Ich war mir ganz sicher, dass Lenny kein Traum gewesen sein konnte, kein Hirngespinst, denn ich hatte seinen Arm berührt, seine Stimme gehört, sein Lachen... Er war so wirklich gewesen, wie das Kopfkissen, auf dem ich nun lag, wie die Uhr auf dem Nachttisch, die leise tickend das Fortschreiten der Zeit anzeigte, wie der sanfte Luftzug, der vom Fenster her über mein Gesicht strich. Und dennoch..., was war nur passiert? Begann es so, wenn man langsam den Verstand verlor?

Am nächsten Tag konnte ich kaum erwarten, bis es wieder Abend wurde. Wie hatte ich früher darunter gelitten, allein zu sein. Nun saß ich auf meinem Platz in meinem Zimmer, sehnte die Einsamkeit und die Dunkelheit herbei und hoffte, dass sich das Wunder wiederholte.

„Lenny!", rief ich mit gedämpfter Stimme in den Raum hinein. „Lenny, bist du da?"

Ich beobachtete die Stelle neben der Tür, an der ich ihn das erste Mal gesehen hatte, - aber da war niemand. Ich ließ den Blick durch das Zimmer schweifen. Alles war wie am Abend zuvor, nur der Philodendron hatte diesmal die Gestalt eines Clowns angenommen. Das Gesicht mit dem lautlosen Lachen machte mir ein wenig Angst. Und auf einmal hörte ich das Lachen wirklich. Es kam aus dem Sessel vor dem Fenster, und als ich herumfuhr, sah ich, dass Lenny darin saß.

„Voilà, hier bin ich!", sagte er und stand auf.
„Hast du schon auf mich gewartet?"
„Ja," antwortete ich. „Ja!" Und ein befreites Lachen wischte alle meine Sorgen fort.
Lenny kam, so oft er konnte. Manchmal hatte er tagelang keine Zeit, dann vermisste ich ihn sehr. Oft kam er auch erst später, wenn ich längst nicht mehr mit ihm gerechnet hatte.
Es waren schöne Stunden, die wir zusammen verbrachten. Wir redeten über alles, was uns bewegte, - über unsere Sorgen und über das, was uns Freude machte, und mit der Zeit waren wir einander so vertraut, als wären wir schon seit Ewigkeiten gute Freunde. Ich lebte nur noch für die Augenblicke, in denen er da war. Meine Familie war weit in den Hintergrund getreten. Sie wollte mich nicht, - na gut, ich wollte sie auch nicht mehr. Es war mir gleichgültig, was um mich herum geschah. Die meiste Zeit des Tages verschlief ich, damit die Stunden schnell vergingen, bis ich Lenny wiedersehen und mit ihm reden konnte.
Nach einigen Wochen bemerkte ich, dass

sich das Verhalten meiner Familie mir gegenüber verändert hatte. Sie mieden mich, und wenn sich eine Begegnung nicht umgehen ließ, dann behandelten sie mich wie ein kleines Kind, oder wie eine empfindliche Kranke. Ich versuchte, ihnen klarzumachen, dass ich nicht krank war, - im Gegenteil, dass ich ein Wunder erlebte, etwas ganz Besonderes. Etwas, worüber ich sehr stolz und glücklich war. Sie täuschten Verständnis vor, aber ich sah in ihren Augen, dass sie mich nicht verstanden.

Und eines Tages brachte mich Werner hierher in diese Klinik. In eine Nervenheilanstalt. Als ob ich verrückt wäre. Für mich brach eine Welt zusammen. Meine Welt, - denn seit ich hier bin, kommt Lenny nicht mehr. Wie hätte er mich auch finden sollen? Die Medikamente lähmten meine Gedanken, und er wußte nicht, wo er nach mir suchen sollte.

Die ersten Wochen waren schrecklich für mich. Ich rief den ganzen Tag nach ihm. - Natürlich nicht laut, sonst hätten mich die Schwestern tatsächlich für verrückt gehalten. Ich weinte und betete, - aber er kam nicht. Ich sah ihn nie wieder.

Seither ist mein Leben sinnlos und leer, und ich frage mich, warum ich eigentlich immer noch hier bin. Nicht hier in der Klinik, sondern auf der Welt, - auf dieser einsamen, kalten, lieblosen Welt.

Doch Gott sei Dank gibt es einen Ausweg.

Wenn Sie diese Zeilen lesen, Herr Dr.Wagner, werde ich die Schwelle in eine andere Wirklichkeit bereits überschritten haben. Dort werde ich auf Lenny warten. Mag es auch Jahre dauern, - dort drüben sind es nur Augenblicke, und eines Tages wird er mir nachkommen, und wir werden wieder zusammen sein.

Sie konnten mir nicht helfen, Herr Dr. Wagner, doch es war nicht Ihre Schuld. Leben Sie wohl!"

Dr. Wagner warf das Heft auf den Tisch und sprang auf. „Oh, mein Gott", stammelte er, stürmte auf den Korridor hinaus und rannte den Flur entlang bis zum Seitenflügel, in dem sich ihr Zimmer befand.

Als er atemlos und mit klopfendem Herzen vor ihrem Bett stand und auf sie hinabschaute, sagte ihm ein einziger Blick, dass er zu spät gekommen war. Sie sah aus, als ob sie schliefe. Das lange dunkle Haar umrahmte ihr bleiches schmales Gesicht, und auf ihren Lippen lag ein leises zufriedenes Lächeln. Ihr Arm hing schlaff über die Bettkante hinunter und spiegelte sich in der Blutlache auf dem Fußboden. Er fühlte ihr den Puls, aber es gab kein Lebenszeichen mehr. Sie war tot.

Nachdem er alles Notwendige veranlasst hatte, kehrte er in sein Büro zurück und ließ sich müde in den Sessel fallen. Obwohl er ihre Absichten nicht hatte vorausahnen können, machte er sich Vorwürfe. Hatte er etwas übersehen? Hatte er ihr nicht richtig zugehört?
Seine Hände zitterten noch immer, als er sich erneut eine Zigarette anzündete.
Laute Schritte und Schwester Marthas energische Stimme auf dem Flur rissen ihn aus seinen Gedanken, und im nächsten Augenblick flog die Tür auf und ein junger Mann stand atemlos vor ihm. Er trug einen Trenchcoat, sein Haar war zerzaust vom

Wind und feucht vom Regen. Dr. Wagner glaubte, ihn zu kennen, konnte sich aber nicht erinnern, wo er ihn schon einmal gesehen hatte.

„Tut mir leid, Doktor", entschuldigte sich Schwester Martha und zwängte sich ärgerlich an dem Eindringling vorbei. „Er ließ sich einfach nicht aufhalten."

„Schon gut." Dr. Wagner hob beschwichtigend die Hand.

„Katrin...?", stammelte der junge Mann, und der Arzt schaute in ein Paar angstvoll auf ihn gerichtete blaue Augen.

Er schüttelte traurig den Kopf. „Zu spät", sagte er. „Wer immer Sie sein mögen, Sie kommen zu spät."

Der junge Mann ließ den Kopf sinken und sagte so leise, dass man ihn kaum verstehen konnte: „Ich bin Lenny Brügge."

Die kluge Therese

Wenn Alfred in den Spiegel schaute, war er mit seinem Aussehen sehr zufrieden. Für einen Endfünfziger konnte er sich noch immer sehen lassen. Und das war gut so, denn in seinem Beruf waren gutes Aussehen und Charme die wichtigsten Werkzeuge, und beides hatte ihm der liebe Gott mit in die Wiege gelegt. Von Berufs wegen war er nämlich ein Heiratsschwindler. Allerdings gefiel ihm diese Bezeichnung überhaupt nicht, er selbst nannte sich lieber einen „Frauenfreund". Obwohl er natürlich einsah, dass Heiratsschwindler auch nicht ganz falsch war.

Leider war ihm bisher noch nicht allzu viel Erfolg beschieden gewesen, denn es waren immer nur kleine Fische gewesen, die er an Land gezogen hatte. Doch das sollte sich nun ändern, deshalb war er in diese gottverlassene Kleinstadt gekommen. Er hatte nämlich erfahren, dass hier die Witwe Therese Obermeier wohnte, und die sollte die reichste Frau im ganzen Umkreis sein. Allein ihr Schmuck, so sagte man, sei ein Vermögen wert, und dann noch das viele Bargeld... Und wie man sich erzählte, sollte sie keiner Bank trauen und all ihre Reichtümer in ihrer Villa am Stadtrand versteckt aufbewahren. Das weckte natürlich Alfreds Ehrgeiz, denn schließlich liebte er seinen Beruf, und es wurde Zeit, dass er nun endlich den großen Coup landete, damit er im Alter ausreichend versorgt war.

Bald mußte er feststellen, dass die Aufgabe, die er sich gestellt hatte, wahrhaftig nicht einfach sein würde. Das eigentliche Problem war nicht, dass die Witwe auf die siebzig zuging, sondern dass sie von Männern nichts mehr wissen wollte. Ganz diskret hatte Alfred die Lage erkundet, war bei verschiedenen Anlässen um sie herumgeschwirrt, hatte ihr die Türen aufgehalten, Platz angeboten, aus dem

Mantel geholfen... Aber nichts! Sein Charme stieß auf Granit. Stets traf ihn nur ein misstrauischer, ja sogar abweisender Blick aus ihren kleinen wachen Augen.

Doch Alfred war ein geduldiger Mensch, er ließ nicht locker. Er wußte, nur Ausdauer konnte ihn ans Ziel bringen. Und eines Tages, fast hätte er schon aufgeben, zeigte sich, wie recht er hatte: Therese erhörte ihn endlich und ließ sich von ihm in die Oper begleiten.

Er war außer sich vor Freude, und er versuchte gar nicht erst, das vor ihr zu verbergen. Er ließ sie wissen, dass sie ihn zum glücklichsten Mann auf der Welt gemacht hatte, und er behandelte sie, als sei sie die schönste Frau des Abends. Er war galant, küsste ihr die Hand und bot ihr seinen Arm, - ganz so, wie sich das eine Frau ihres Standes erträumen mochte. Als er ihr aus dem Pelzmantel half und das Brilliant-Collier um ihren Hals sah, kribbelte es ihn in den Fingern, und er schloss eine Sekunde lang sehnsuchtsvoll die Augen, doch dann biss er die Zähne ganz fest zusammen. ‚Nur Geduld', sagte er sich, ‚nur Geduld. Alles zu seiner Zeit.'

Danach dauerte es nicht mehr lange, bis ihn Therese das erste Mal in ihre elegante Villa zum Tee bat. Er war ein charmanter Plauderer, gab kleine Anekdoten zum Besten und hörte voll Mitgefühl zu, wenn sie von ihren kleinen Alltagssorgen berichtete, oder von all den Schwierigkeiten, mit denen sie in ihrem Leben schon zu kämpfen gehabt hatte. Nein wirklich, ihr war nichts erspart geblieben, so manchen schweren Schicksalsschlag hatte sie hinnehmen müssen. Vor allem mit den Männern hatte sie Pech gehabt. Dabei sehnte sie sich so sehr nach ein paar starken Armen und einer Schulter, an die sie sich ab und zu ein wenig lehnen konnte.

Niemand verstand sie so gut wie Alfred. So viele tröstende Worte hatte sie schon lange nicht mehr gehört. „Verzeihen Sie, wenn ich so offen bin", sagte er mitfühlend, „aber Sie sollten unbedingt wieder heiraten. Ein Mann an Ihrer Seite könnte Ihnen alle Sorgen abnehmen."

Natürlich war es besser, ihr nicht sofort zu sagen, dass er dafür genau der Richtige war.

Noch nicht! Aber unterdessen wanderten seine Augen schon einmal geübt umher und kundschafteten aus, wo die wertvollsten Gemälde hingen, mit wie vielen Stellen vor dem Komma bei den übrigen Kunstgegenständen gerechnet werden konnte, die überall herumstanden, und wo eventuell ein Safe verborgen sein könnte.

Dabei fiel sein Blick immer wieder auf das oberste Fach im Bücherregal. Dort standen nämlich in Reih und Glied vier bronzene Urnen. Alfred mochte diesen Anblick nicht, und er setzte sich so auf dem Sofa zurecht, dass er sie nicht immerzu ansehen mußte. Als er ihr gerade offenbarte, welch perfekter Kenner eines guten Tröpfchens er sei, meinte Therese traurig: „Ach, genau wie mein erster Mann, - Gott hab ihn selig! Leider wurde ihm das zum Verhängnis, denn als er eines Tages eine gute Flasche Burgunder heraufholen wollte, stürzte er die Kellertreppe hinunter und brach sich dabei das Genick."

Alfred schluckte und bemühte sich, das Thema zu wechseln. Er begann, von seinen Reisen in die Metropolen der Welt zu erzählen. Er hatte sie zwar nie selbst gesehen, aber immerhin hatte er sehr viel darüber gelesen, und ein paar kleine Notlügen mussten erlaubt sein, wenn es um eine so große Sache ging. Hin und wieder lobte er dann das Gebäck, das in einer silbernen Schale auf dem Tisch stand, nahm einen Schluck aus der Tasse aus echtem Meißner Porzellan und schwärmte, Thereses Tee sei der beste und würzigste, den er je getrunken habe.

„Ja," meinte sie und schüttelte gedankenverloren den Kopf, „mein zweiter Mann hat ihn auch so gern gemocht. Leider hat er sich eines Tages daran verschluckt und ist erstickt. Vielleicht, weil der Tee an jenem Tag so bitter war. Ich hatte ihn zwar selbst zubereitet, weil das Mädchen ihren freien Nachmittag hatte, aber es war wohl nicht das richtige Maß gewesen. - Möchten Sie noch eine Tasse?"

Alfred beeilte sich, dankend abzulehnen. Ihm war plötzlich übel, aber er wußte nicht, ob es am Tee lag, oder an der traurigen Geschichte von Thereses zweitem Ehemann, die ihn eigentümlich berührte. Er warf einen verstohlenen Blick hinauf zu den Urnen, die drohend und warnend auf ihrem Podest standen. Zufall, sagte er sich, alles nur Zufall. Aber er konnte einfach nicht darüber hinwegsehen, dass da oben noch zwei weitere Urnen standen.

Er richtete sich auf und schalt sich einen Narren, weil er für einen Augenblick vergessen hatte, was auf dem Spiel stand, und dass mit dem heutigen Tag Thereses Riesenvermögen vielleicht schon einen kleinen Schritt in greifbare Nähe gerückt sein konnte.

Eine Stunde später zeigte ihm Therese ihren Garten. Er war großzügig angelegt. Wie ein grüner Teppich breitete sich der Rasen vor ihnen aus. Rechts und links davon stand eine Reihe alter, schattenspendender Bäume. In einer Senke lag ein kleiner mit Schilf umwachsener Teich. Die Sonne schien, und die Vögel zwitscherten, und Alfred wollte gerade beginnen, sich wieder wohlzufühlen, als Therese diese friedvolle Stimmung mit einem einzigen Satz zunichte machte.

„Hier ist mein seliger Wilhelm gestorben",

sagte sie leise. „Er war mein dritter Mann. In diesem kleinen Weiher ist er ertrunken." Sie wies auf eine Stelle, an der das Ufer seicht in den Teich hineinführte. „Hier haben wir ihn gefunden. Mit dem Kopf im Wasser."

Nun wurde Alfred wirklich übel. Er wandte sich um und wankte in Richtung Haus zurück. Am liebsten wäre er davongelaufen. Fort von diesem Ort, an dem ein böser Geist zu wohnen schien. - Oder war es eine böse Frau?

Zwar war Alfred hart im Nehmen, und sein Ehrgeiz gewann bald wieder die Oberhand, aber dennoch war er unsicher geworden. Schön, ich muß sie ja nicht unbedingt heiraten, sagte er sich, innerlich zu einem Kompromiss bereit. Er war ein recht geschickter Mann, - vielleicht konnte er sich zu ein oder zwei weiteren Besuchen durchringen und dabei zumindest den einen oder anderen wertvollen Gegenstand in seinen Besitz bringen.

Just in diesem Augenblick verlor er den Boden unter den Füßen. Der Läufer im Korridor rutschte weg, und Alfred fiel ein paar Stufen hinunter und schlug sich heftig den Kopf an. Alles war sehr schnell gegangen, und obwohl er sich nicht ganz sicher war, wurde er doch den Verdacht nicht los, die alte Hexe hätte den Läufer absichtlich weggezogen. Er griff sich an die Schläfe, - das Blut an seiner Hand versetzte ihn in Panik.

Therese beugte sich besorgt über ihn. „Das sieht böse aus, ich werde einen Arzt rufen", sagte sie. „Und wer weiß, welche inneren Verletzungen Sie noch davongetragen haben. Meinem vierten Mann ist genau das gleiche passiert, dem Ärmsten. Genau hier, an dieser Stelle! Und drei Tage später war er tot!"

Alfred rappelte sich auf und hielt sein Taschentuch auf die blutende Wunde. Er wollte keinen Arzt, er wollte nur noch weg. Fort aus diesem Haus und von dieser Frau! Er atmete schwer, als er aus dem Haus stolperte und zurück zu seinem Wagen hastete.

Therese Obermeier sah ihm nach und konnte sich ein Schmunzeln nicht verkneifen. Sorgfältig schloss sie die Haustüre hinter ihm ab, zog sich einen Stuhl vor das Bücherregal und stieg hinauf. Sie war nicht sehr groß und konnte die Urnen nur mit Müh und Not erreichen, aber als sie hineingriff, fühlte sie, dass Schmuck und Geld noch da waren. Und das war ein gutes Gefühl! Dann ging sie zum Telefon und rief ihre Schwester an. „Die Idee mit den Urnen hat sich wieder mal bestens bewährt", lachte sie. „Am Ende hat er sich noch den Kopf aufgeschlagen, der Arme. Das ist zwar nicht unbedingt meine Absicht gewesen, doch das Wichtigste ist: Ich glaube, jetzt bin ich ihn endgültig los!"

Ein Happy End für Michael

Ich hatte seit Wochen intensiv an meinem Manuskript geschrieben, jeden Tag stundenlang auf dem Computer herumgehämmert und dabei die Zeit vergessen. Oft wußte ich nicht, ob es früh morgens, oder spät abends war, und wenn ich mich zwischendurch eine Weile hinlegte, schlief ich unruhig, verarbeitete Fantasie und Wirklichkeit zu seltsamen Träumen und erwachte völlig ausgelaugt. Doch auch oft mit neuen fantastischen Ideen.

Es war eine Liebesgeschichte, an der ich schrieb. Die Love-Story von Michael und Angela, zwei jungen Großstadtmenschen, die ich nach meinen Vorstellungen geschaffen hatte, und denen ich ganz besonders schwierige Abenteuer zu bestehen gab. Ich nahm Anteil an ihrem Schicksal, fühlte und litt mit ihnen, - obwohl ich natürlich die einzige war, die die Macht besaß, ihre Probleme zu lösen und ihnen ein Happy End zu bescheren. Wenn ich nur wollte. Aber *ob* ich wollte, das wußte ich noch nicht so genau.

Eigentlich hatte ich es Herbert zu verdanken, dass ich den ganzen Tag ungestört am PC sitzen und schreiben konnte. Nach zwei gemeinsamen Jahren war ich nämlich zu dem Schluß gekommen, dass wir im Grunde nicht zusammenpassten. Ich schlug ihm deshalb vor, dass wir uns besser trennen sollten. Von dieser Idee war er allerdings nicht sehr angetan. Er beschwor mich, meine Entscheidung noch einmal gründlich zu überdenken. Dabei redete er gestikulierend auf mich ein, streckte die Hand nach mir aus, - ich trat einen Schritt zurück und..., übersah die Stufen hinter mir.

Neben einem Gipsbein hatte ich nun, - und das war wohl ein Wink des Schicksals, - sehr viel Zeit. - Zeit, die ich dazu nutzte, endlich die Geschichte aufzuschreiben, die mir seit Wochen im Kopf herumspukte. Ich stöpselte das Telefon aus, stellte die Klingel ab, und der einzige Kontakt zur Außenwelt blieb meine Schwester Sabine, die ab und zu nach mir sah.

Sabine fand, dass ich die Schreiberei übertrieb. Sie schimpfte mit mir, weil ich nicht genügend aß, keine frische Luft bekam und viel zu wenig schlief. Zugegeben, sie hatte nicht ganz unrecht, denn ich war wie besessen, und die Wirklichkeit meines Romans war mir oft näher, als meine eigene. Dann gab es tatsächlich Augenblicke, in denen ich mich kaum mehr konzentrieren konnte. Mitunter flimmerte es mir vor den Augen, einmal nickte ich sogar am PC ein, und als ich aufwachte, wußte ich im ersten Moment nicht einmal mehr, wo ich war.

Ich kann nicht genau sagen, ob die Geschichte, die ich dann erlebte, mit meiner schlechten Verfassung zusammenhing. Ich weiß nur, dass es kein Traum war, wie mir Sabine einreden wollte, als ich ihr davon erzählte. Wer sieht schon im Traum jedes Blatt an einem Baum, weiße Wolkenfetzen über den Himmel ziehen oder einen aufgeplusterten Spatzen mitten auf dem Gehsteig in einer Regenpfütze picken? Wer findet sich im Traum in der

Fußgängerzone einer Großstadt wieder, inmitten geschäftiger Menschen und hört ihr vielfältiges Stimmengewirr? Wer riecht im Traum den verführerischen Duft von Bratwürsten, der aus der Bude neben dem Haupteingang eines Kaufhauses herüberweht und sieht das Eis eines kleinen Mädchens zerlaufen und auf die Pflastersteine tropfen, - genau zwischen eine zerdrückte Coladose und ein zerknülltes Kaugummipapier?

Es war kein Traum, da war ich mir ganz sicher. Ich war dort. Ich stand plötzlich zwischen all den Leuten und schaute mich verwundert um, und ein Junge mit kahlgeschorenem Kopf rempelte mich an und brummte ärgerlich: „Kannst du nicht aus dem Weg gehen, wenn du nicht weißt, was du willst?"

Noch immer verwirrt trat ich einen Schritt zurück. Krampfhaft suchte ich nach einer Erklärung für das, was mir passierte. Ich schaute mich um und wußte nicht, was ich tun sollte. Und plötzlich sah ich ihn! Mit zügigen Schritten lief er auf der gegenüberliegenden Straßenseite an den

Schaufenstern vorüber, ohne einen Blick nach rechts oder links zu werfen. Er trug Jeans und Turnschuhe. Auf seinem dunkelblauen T-Shirt war der Namenszug von Bon Jovi zu lesen, - genauso, wie ich ihn in meiner Geschichte beschrieben hatte. Ich überlegte nicht lange, dazu war keine Zeit. Etwas in mir handelte einfach, ganz ohne mein Zutun.

„Michael!", rief ich und bahnte mir einen Weg durch die Passanten. „Michael, warte!"

Ich überquerte die Straße und rannte ihm nach. „So warte doch, Michael!"

Er blieb stehen und schaute sich um. Sein Blick wanderte suchend umher, bis er schließlich bemerkte, dass ich es gewesen sein mußte, die ihn gerufen hatte. Er kannte mich nicht, deshalb sah er mich fragend an. „Ja?"

Ich stand vor ihm und wußte nicht, was ich sagen sollte. Es war eine eigenartige Situation, denn ich fühlte mich als Handelnder und als Zuschauer zugleich. Ich wußte, dass ich ihn gerufen hatte, aber auch, dass es das eigentlich gar nicht geben konnte.

„Hast du einen Augenblick Zeit für mich?", fragte ich ihn. „Ich würde gern mit dir reden."

Er sah mich neugierig an. „Kennen wir uns?"

Ich schüttelte den Kopf. „Nein. - Das heißt ja. Ich kenne dich, aber du kennst mich nicht."

„Haben wir gemeinsame Freunde?"

Hilflos hob ich die Schultern. „Ja. - Nein."

Ich sah mich um. „Können wir nicht...?"

Man sah ihm nicht an, was er dachte, aber sicher war er neugierig, deshalb antwortete er: „Ja, okay. Drüben im *Eulenspiegel* könnten wir was trinken."

Sein Vorschlag war mir unangenehm. Ich hatte viele seiner Handlungen in den Eulenspiegel verlegt, und sicher würden wir dort seine Freunde treffen, - all seine Freunde, die ich für ihn erfunden hatte.

„Könnten wir nicht lieber dort oben im Kaufhaus...? In der Caféteria? Das wäre mir lieber."

Er grinste leicht. „Das ist nun nicht gerade meine Welt. Aber gut, wenn du meinst."

„Ich hoffe, du hast Zeit. Ich möchte deine

Pläne nicht durcheinanderbringen", sagte ich.

Mir war die Zweideutigkeit meiner Bemerkung wohl bewußt, denn letztendlich war ich es ja, die seine Pläne aufstellte.

„Nein, nein", antwortete er.

Kurze Zeit später saßen wir uns in der Caféteria des Kaufhauses gegenüber, schauten vom vierten Stock über die Dächer der Stadt und schwiegen. Er hatte ein Bier bestellt, ich eine Cola.

Ich begriff noch immer nicht, was geschehen war. Da saß er nun vor mir, mein Held, in Erwartung dessen, was ich ihm zu sagen hatte. Aber was wollte, was sollte ich ihm denn sagen? Die braunen Augen in dem schmalen kantigen Gesicht musterten mich neugierig. Sie hatten diesen sanften Blick, den ich mir für ihn ausgedacht hatte. Sein hübscher Mund über dem dunkelschimmernden Kinn lächelte. Das braune volle Haar hing ihm ein wenig wirr in die Stirn, dadurch wirkte er jungenhaft und unkompliziert. Er spielte mit einer Streichholzschachtel, die jemand auf dem Tisch vergessen hatte. Seine Hände waren sanft und stark zugleich, die dunklen Härchen auf seinen Unterarmen zogen sich bis vor zu den Handgelenken.

„Und nun?" fragte er und lächelte wieder.

Ich lächelte zurück. Ich war stolz auf ihn. Ich hatte ihn erschaffen, und er war mir gut gelungen. Sollte ich ihm sagen, wer ich war? Konnte man in einer Welt, in der er Wirklichkeit war, nicht auch Dinge sagen, die ich in meiner Realität nicht hätte sagen können? Sollte ich es einfach versuchen?

„Ich wollte dich einfach mal persönlich kennenlernen", begann ich, „ich habe nämlich über dich geschrieben."

Er tippte sich mit dem Zeigefinger an die Brust.

„Über mich?", fragte er verwundert.

„Ja."

Er lachte. „Das gibt's doch nicht! Da war nichts in meinem Leben, was erwähnenswert gewesen wäre."

„Ich habe sogar ein Buch über dich geschrieben."

„Du mußt mich verwechseln, über mich gibt es nichts zu schreiben. Außerdem...," in seinem Blick war nun Misstrauen zu lesen,

„wir kennen uns doch gar nicht, wie kannst du dann über mich schreiben?"

„Laß es mich dir erklären." Ich setzte mich unruhig auf meinem Stuhl zurecht. Verdammt, war das eine verzwickte Situation. „Du hast vielleicht schon davon gehört, dass kein Gedanke, der jemals gedacht worden ist, verlorengeht", sagte ich. „Irgendwo verwirklicht er sich und wird existent, - wenn nicht in der Realität, in der er gedacht worden ist, dann in einer anderen."

Er sah mich verständnislos an. „Nein, ich weiß nicht, was du meinst. - Und was hat das mit mir zu tun?"

„Warte, darauf komme ich noch. - Bitte, versuch das zu verstehen: Jeder Gedanke verwirklicht sich auf irgendeiner Ebene! - Stell dir vor, ein Architekt träumt von einem Haus, das er gern bauen möchte. Noch bevor er eine Zeichnung davon zu Papier bringt, sieht er es in seinen Gedanken fix und fertig vor sich. Und von diesem Augenblick an existiert es. Irgendwo. Nicht sichtbar und nicht greifbar in seiner Welt, aber es ist da. Und sein Bewusstsein kann auf die Reise gehen und es finden."

„Ja, gut. Und weiter?"

Ich kam mir vor wie jemand, der einem Kind die Geschichte von den Bienen zu erklären versucht.

„Jetzt stell dir einen Schriftsteller vor. Er erfindet eine Stadt. Und irgendwo, - nicht in seiner eigenen Realität, sondern in einer ganz anderen Wirklichkeit, - gibt es diese Stadt auf einmal. Er hat sie erschaffen, mit allem Drum und Dran. Mit ihren Häusern und Straßen, mit all den Ereignissen, die darin stattfinden, mit den Menschen, die darin leben... Verstehst du, was ich meine?"

„Ja, ich glaube."

„Nun schau aus dem Fenster", sagte ich. „Das ist meine Stadt."

Er sah hinaus und wieder zurück zu mir. Er starrte mich an. „Deine Stadt?"

„Ja. Ich habe sie erfunden."

„Das kann nicht sein", entgegnete er verwirrt.

„Wieso nicht?"

„Diese Stadt ist kein Gedanke, sie ist Wirklichkeit. Ich lebe hier, seit ich geboren bin."

„Denk an den Architekten und sein Haus. Natürlich ist diese Stadt Wirklichkeit, hier für dich, wo sie sich manifestiert hat. Aber für den, der sie erfunden hat, ist sie nur eine Vorstellung. Ein Traum, der sich erfüllt hat..."

„Für dich also."

Ich nickte. „Ja, für mich."

„Das bedeutet, du kommst aus einer anderen Wirklichkeit und schreibst ein Buch über meine Welt."

„Ja." Ich freute mich, dass er es so schnell begriffen hatte.

„Du meinst, dann wäre auch ich... eine Erfindung von dir?"

„Ja."

Ich beobachtete ihn. Hinter seiner Stirn arbeitete es fieberhaft.

„Das ist unmöglich", sagte er dann. „Ich war nicht plötzlich da, nur weil du angefangen hast, eine Geschichte über mich zu schreiben. Meine Eltern haben sich vor etwa dreißig Jahren getroffen, haben geheiratet, und dann bin ich auf die Welt gekommen, wie jeder andere Mensch auch. Diese Stadt besteht seit hunderten von

Jahren."

„Wenn man eine Stadt erfindet, dann erfindet man auch gleichzeitig die Erde, auf der sie ihren Platz hat, - mitsamt ihrer Entwicklungsgeschichte. Und wenn man die Erde erfindet, auf der diese Stadt existiert, dann erfindet man auch gleichzeitig das Universum, in das sie hineingehört."

Er überlegte. „Wenn alles, was existiert, nur ein Gedanke ist, dann müsste es unzählige Welten und unzählige Universen geben", stellte er fest.

Ich nickte. „Du hast es begriffen."

„Und was ist dann mit deiner Welt? Wer hat sie erdacht?"

Ich saß da, als hätte man einen Eimer Wasser über mir ausgeschüttet. Ich war selbst schuld, hatte ich ihn doch mit Intelligenz und wachem Verstand ausgestattet. Er hatte recht: Was war mit meiner Welt? Darüber hatte ich noch nie nachgedacht.

„Und wie kommst du überhaupt hierher, wenn deine Welt eine ganz andere ist?", fragte er weiter.

Ich zuckte die Schultern, ich wußte keine

Antwort darauf. „Vielleicht habe ich mich so sehr mit meiner Geschichte befasst, dass mein Bewusstsein für kurze Zeit abgedriftet und auf dieser Ebene eingerastet ist", versuchte ich, die Sache zu erklären.

„Für kurze Zeit? Was wäre, wenn du nicht mehr zurückfändest?"

Ich erschrak. „Mach mir keine Angst", sagte ich leise.

Er lächelte. „Ich schlage vor, dann bleibst du einfach hier. Du weißt, dass bei meiner Tante Käthe noch ein Zimmer frei ist. Das weißt du doch, oder?"

Natürlich wußte ich es. Eigentlich hatte ich dieses Zimmer für Angela gedacht, für den Fall, dass sie eines Tages zurückkommen würde. Eines Tages, wenn ich den Zeitpunkt für das Happy End für gekommen hielt. Aber das konnte ich ihm doch jetzt noch nicht verraten.

Er spielte noch immer mit der Streichholzschachtel und dachte nach, doch als er den Blick hob, um mich anzusehen, wurden seine Augen plötzlich ganz weit. Dann blinzelte er und fuhr sich mit dem Handrücken über die Stirn.

„Du hast mich für einen Moment lang an Angie erinnert", sagte er irritiert.

„Ich habe gerade an sie gedacht", gab ich zu.

„Du bist doch nicht Angie, oder? - Ich meine, in der anderen, in deiner Welt?" Er sah mich aufmerksam an.

„Nein, ich bin nicht Angie. - Allerdings..., in gewisser Weise könnte sie möglicherweise ein Teil von mir sein. Vielleicht ist sie das, was ich gern wäre. Eben auch ein Traum, eine Vorstellung von mir."

Er sah mich traurig an. „Werde ich sie wiedersehen?"

Ich gab ihm keine Antwort.

„Bring sie zu mir zurück! Bitte!"

„Ich werde sehen, was ich tun kann", antwortete ich ausweichend.

Ein plötzlicher stechender Schmerz fuhr mir den Rücken hinunter, und Michael und sein Umfeld schienen in einer weißen Wolke zu versinken.

Als ich die Augen öffnete, fand ich mich zu Hause auf dem Fußboden wieder. Ich war vom Stuhl gerutscht und zwischen ihm und dem Schreibtisch eingeklemmt. Mit dem

Gipsbein hatte ich den Papierkorb umgestoßen.

In den folgenden Tagen schrieb ich meine Geschichte zu Ende. Letztendlich hatte ich mich doch für ein Happy End entschieden. Niemals hätte ich es ertragen, Michael, nachdem ich ihn persönlich kennengelernt hatte, unglücklich zu wissen.
Nachdem ich das Manuskript in der Schublade verstaut und den PC abgeschaltet hatte, verschlief ich einen ganzen Tag und eine ganze Nacht. Danach fühlte ich mich wie neu geboren, - leicht und frei und unendlich glücklich.
Als der Gips entfernt worden war, hatte ich noch eine Weile Schwierigkeiten beim Gehen. Sobald ich mich jedoch kräftig genug fühlte, kroch ich aus meinem Schneckenhaus, setzte mich in den Wagen und fuhr in die Stadt. Ich holte ausgiebig nach, was ich in den vergangenen Wochen versäumt hatte. Ich kaufte mir ein Kleid und einen Pullover, ein neues Parfum und zwei Paar Schuhe, ein Buch, das mir empfohlen worden war und das neu erschienene

Album von Phil Collins.

Es war ein anstrengender Tag gewesen. Ich hatte mich ein bisschen übernommen, und mein Bein begann zu schmerzen. Als ich aus dem Buchladen kam und auf dem Weg zum Parkhaus war, träumte ich schon davon, endlich wieder zu Hause zu sein und die Füße hochlegen zu können.

Plötzlich bemerkte ich einen gutgekleideten Herrn, der neben mir herlief und mich beobachtete. Er war hochgewachsen und schlank, und trotz seines grauen Haares hätte ich nicht sagen können, wie alt er war.

„Ihr Bein macht Ihnen nach dem Unfall noch immer ziemlich zu schaffen", sprach er mich an. Es war eine Feststellung, keine Frage.

Verblüfft blieb ich stehen. „Woher wissen Sie von meinem Bein?"

Er lachte. „Wenn Sie ein paar Minuten Zeit für mich hätten, könnte ich es Ihnen erklären. Kommen Sie, ich lade Sie zu einer Tasse Kaffee ein."

Mir gingen tausend Gedanken durch den Kopf. Im Grunde war ich keine Frau, die sich von fremden Männern ansprechen, geschweige denn einladen ließ, aber die Vorstellung eines Kaffees nach diesem Einkaufs-Marathon gefiel mir. Außerdem war ich neugierig, woher dieser Mann von meinem Unfall wußte. Und was konnte mir schon passieren am helllichten Nachmittag inmitten einer Großstadt?

Mir fiel das Domino ein, ein kleines Straßen-Café drei Schritte weiter, in dem ich mich oft mit meinen Freundinnen traf, aber der Fremde schüttelte den Kopf. „Die Caféteria im Kaufhaus wäre mir angenehmer. Man hat von dort oben einen so herrlichen Blick über die Stadt."

Also saß ich wieder in der Caféteria eines Kaufhauses, - aber es war ein anderes Kaufhaus, in einer anderen Stadt, und es war ein anderer Mann, in einer anderen Welt. Von seinem Platz aus, mir gegenüber, beobachtete er mich schweigend. Die kleinen Fältchen in den Augenwinkeln wirkten freundlich und heiter, und seine Augen lächelten. Ich rührte ein wenig unsicher in meiner Tasse.

„Sie wollten mir erzählen, woher Sie von

meinem Bein wissen", begann ich.

„Ganz einfach", meinte er und zwinkerte mir zu, „Sie haben es ein wenig nachgezogen. Sicher hatten Sie heute einen anstrengenden Tag und waren lange unterwegs."

Ich war enttäuscht. Mit einem Blick auf meine Taschen und Pakete, die ich auf dem Platz neben mir abgestellt hatte, war es nicht schwer für ihn gewesen, die Wahrheit zu erraten. Aber dennoch, woher konnte er wissen, dass es ein Unfall war?

Während er ein Stück Würfelzucker auspackte, in seine Tasse fallen ließ und umrührte, schaute er aus dem Fenster und ließ seinen Blick über die Dächer schweifen.

„Wie schön sie doch ist, meine Stadt", sagte er vor sich hin.

Ich glaubte, nun würde er mir etwas über sich selbst erzählen wollen. „Leben Sie schon lange hier?", fragte ich interessiert. „Sind Sie hier geboren?"

Er lächelte. „Nein, ich bin weder hier geboren, noch lebe ich hier. Und trotzdem liebe ich diese Stadt."

Ich nickte zustimmend. „Ja, ich mag sie

auch. Im Zentrum findet man wirklich alles, was man zum Leben braucht."

„Sie gehört mir!", sagte er, mehr zu sich selbst. Dann wandte er den Blick vom Fenster ab und schaute mich an. „Genauso, wie dem Architekten das Haus gehört, das zu bauen er im Begriff ist, so gehört mir diese Stadt."

Ich zuckte zusammen und erinnerte mich dunkel. Und zwar an etwas, wovon er nun wirklich nichts wissen konnte. Misstrauisch beobachtete ich ihn, und ich fragte mich, wer dieser Mann wohl sein mochte. Und was er von mir wollte.

„Sie haben mich zu einem Kaffee eingeladen. - Sagen Sie mir, warum?" fragte ich geradeheraus.

„Ich wollte Sie einfach einmal kennenlernen."

„Das klingt, als wüßten Sie, wer ich bin."

„Sagen wir mal, ich wußte, dass es Sie gibt."

„Und woher?"

„Wir sind gewissermaßen Kollegen", wich er meiner Frage aus, „ich schreibe Bücher, wie Sie."

Ich dachte an Sabine. „Wahrscheinlich

kennen Sie meine Schwester und wissen von ihr, womit ich mich beschäftige." Dann schüttelte ich den Kopf. „Nein, man kann nicht gerade sagen, dass ich Bücher schreibe. Ich habe eben erst mein allererstes Manuskript beendet, und ich vermute, dass es noch ein weiter Weg ist, bis es ein Buch sein wird."

„Wenn man Glück hat, kann das sehr schnell gehen. Ich schreibe im Augenblick an einem Roman über eine junge Autorin, für die auch alles sehr schnell geht."

„War es tatsächlich meine Schwester, die Ihnen von meiner Schreiberei erzählt hat?" fragte ich noch einmal. Und als er nur lächelnd den Kopf schüttelte, fügte ich hinzu: „Wenn nicht, wer war es dann?"

Er lachte wieder. „Akzeptieren Sie doch einfach, dass ich es weiß", antwortete er geheimnisvoll.

Ich ärgerte mich. Ganz offensichtlich wollte er meine Fragen nicht beantworten.

„Gut", sagte ich entschieden, „nachdem Sie mich nun kennengelernt haben, kann ich ja gehen." Es sollte streng klingen, und um meine Entschlossenheit zu unterstreichen, war ich aufgestanden.

„Kommen Sie, setzen Sie sich wieder." Er schien sich über mich zu amüsieren. „Ich wollte Sie kennenlernen, weil Sie eines Tages eine kleine Berühmtheit sein werden."

Widerstrebend setzte ich mich. „Und woher wollen Sie *das* wissen?"

„Ganz einfach", lächelte er, „weil ich es so will!"

„Aha, weil Sie es wollen", wiederholte ich spöttisch. „Sie kennen mich gar nicht und wollen trotzdem, dass ich berühmt werde? Was sollte Ihnen schon daran liegen."

„Sie wissen doch: Kein Gedanke geht verloren, und irgendwo wird er Wirklichkeit. Ich bin hier, um zu sehen, ob ich alles richtig gemacht habe."

„Ich verstehe nicht, was Sie meinen."

„Denken Sie mal darüber nach!"

Er wurde mir unheimlich. Was war das für ein Mann? Konnte er Gedanken lesen, oder hielt er mich einfach nur zum Narren? Was wußte er über mich, und woher?

Ganz plötzlich überfiel mich eine Ahnung. Es war mehr ein Fühlen, als ein Wissen.

Mein Herz setzte einen Schlag lang aus, so erschrocken war ich.

„Und? Haben Sie alles richtig gemacht?", fragte ich und versuchte, meine innere Aufruhr zu verbergen.

„Ja." Er nickte. „Ja, ich bin sehr zufrieden."

Mein Herz klopfte mir bis zum Halse. Ich trank meine Kaffeetasse leer und schaute auf meine Armbanduhr, um ihm zu signalisieren, dass ich gehen mußte. Ich wollte nur noch fort.

Auf der Straße angekommen gab er mir die Hand, um sich von mir zu verabschieden.

„Es war schön, Sie zu treffen", sagte er. „Ich weiß, Sie werden viel Anerkennung erfahren mit Ihren Romanen. Und eines Tages werden Sie einen netten jungen Mann kennen- und lieben lernen, ihn heiraten und Kinder haben... Ihr Leben wird ein sehr erfülltes Leben sein."

Ich nahm allen Mut zusammen und fragte: „Und wo ist das Haar in der Suppe? Es lohnt sich doch nicht, über ein Leben zu schreiben, in dem alles glatt geht und nichts passiert."

Er lächelte gedankenverloren. „Es wird die

Geschichte eines großen Erfolges sein", sagte er dann. „Die Menschheit braucht Helden, zu denen sie aufblicken und an denen sie sich messen kann. Ich will, dass Sie eine Heldin werden!"

Er wandte sich um und ging, blieb nach ein paar Schritten noch einmal stehen, zwinkerte mir zu und verschwand in der Menge.

Ich sah ihm nach, - und plötzlich tanzten bunte Kreise vor meinen Augen. Mir war schwindelig, und ich spürte, wie mir die Knie einknickten.

Als ich wieder zu mir kam, hatten mich helfende Hände gepackt und auf einen der Stühle vor dem Domino abgesetzt. Einige Leute standen um mich herum und betrachteten mich mit einer Mischung aus Neugier und Mitgefühl.

„Geht's wieder?", fragte eine füllige Dame und tätschelte meine Wange. „Kindchen, Sie sind ja ganz blass. Wir sollten vielleicht doch einen Krankenwagen rufen."

„Nein, nein", wehrte ich ab und versuchte aufzustehen, doch sie drückte mich auf den Sitz zurück. „Bleiben Sie noch ein Weilchen sitzen, bis Sie sich besser fühlen", riet sie mir. Sie warf einen Blick auf meine Pakete und Einkaufstaschen.

„Wahrscheinlich haben Sie sich zuviel zugemutet. Ich habe beobachtet, wie Sie aus dem Buchladen kamen. Zuerst haben Sie nur geschwankt, und dann knickten Sie einfach weg. Das hätte bös ausgehen können, wenn wir Sie nicht rechtzeitig aufgefangen hätten."

„Ich kam aus dem Buchladen?", fragte ich erstaunt. „Sind Sie sicher, dass ich nicht aus dem Kaufhaus kam?"

„Aus dem Kaufhaus? Aber nein! Sie kamen hier aus dem Buchladen."

Seltsam, dachte ich. Wie war das nur möglich?

Nach einigen Minuten erhob ich mich, bedankte mich bei den freundlichen Helfern und machte mich auf den Weg zu meinem Wagen.

Mein Buch wurde wirklich ein Riesenerfolg. Und während ich am nächsten schrieb, mußte ich manchmal an den Fremden und seine Prophezeiungen denken. Sie gaben mir die Kraft, weiterzumachen, wenn ich vor Schwierigkeiten stand oder an einem Tiefpunkt angelangt war, und sie machten mir Mut, wenn ich mich einsam und alleine fühlte und mich nach einer Schulter sehnte, an die ich mich lehnen konnte.

Ich glaubte daran, dass es ihn gab, diesen Fremden. Irgendwo. Und so, wie ich niemals ertragen hätte, Michael unglücklich zu wissen, nachdem ich ihn persönlich kennengelernt hatte, vertraute ich darauf, dass es ihm mit mir genauso ging.

Ludwig und Luise

Ludwig konnte das Leben mit Luise nicht mehr länger ertragen. Über dreißig Jahre lang hatte sie ihn bevormundet, und er mußte tun, was sie wollte. Tag und Nacht hatte sie gezetert und an ihm herumgenörgelt. Nun hatte er es satt, er mochte einfach nicht mehr. Er beschloss, ein Ende zu machen. Möglichst kurz und schmerzlos. - Aber wie??!!
Da er ein Krimi-Fan war, hatte er schon von den verschiedensten Methoden gehört, und er zerbrach sich den Kopf darüber, was in seinem Fall wohl das Beste wäre.
Als erstes kam ihm eine Pistole in den Sinn, - nur leider hatte er keine, und wie sollte er sich unbemerkt so ein Ding beschaffen? Gas kam nicht in Frage, weil es im ganzen Haus nur elektrischen Strom gab. Ein Sturz aus dem Fenster? - Ludwig schauderte bei dem Gedanken. Die Vorstellung eines Massenauflaufs danach verursachte ihm Übelkeit. Nein, das war wohl auch nicht das

Richtige. Vielleicht doch lieber das altbewährte Gift? Er schüttelte den Kopf. Auch das war schwierig, denn er hatte keinen Garten und brauchte somit auch niemals irgendwelche Unkraut- oder Insektenvertilgungsmittel. Und Arsen oder Zyankali, das Zeug, das man stets in den Kriminalromanen verwendete? - Er seufzte. Woher sollte er denn so etwas nehmen.

Plötzlich hatte er eine wunderbare Idee. Vor Jahren, als er einmal an einer bösen Krankheit litt, hatte ihm der Arzt diese gefährlichen roten Kapseln verschrieben, von denen er allerhöchstens eine einzige am Tag einnehmen durfte. „Eine Überdosis davon kann tödlich sein", hatte der Doktor gewarnt, „sie verursacht Atemlähmung, und das hat schließlich Herzstillstand zur Folge. Und dann gibt's keine Rettung mehr."

Das war gut. Ludwig wollte keine Rettung.

Er fand die Packung mit den roten Kapseln in der Tasche seines schwarzen Anzugs, den er seit Onkel Emils Beerdigung nicht mehr getragen hatte. Die Schachtel war ganz zerdrückt, - aber es waren noch drei

Kapseln darin. Das mußte reichen.

In den nächsten Tagen traf er seine Vorbereitungen. Für den Fall, dass man ihn zu schnell vermisste, erzählte er seinen Nachbarn, er müsse seinen kranken Schwager im Ausland besuchen, sie sollten aber um Himmels Willen nicht mit Luise darüber reden. Sie würde sich nur unnötig aufregen, wenn sie erführe, wie schlecht es um ihn stand. Das könnte ihrem kranken Herzen schaden. Für sie würde ihm schon eine Ausrede einfallen.

Als Luise eines Tages beim Friseur war, hielt er die Stunde für gekommen. Die Nachbarn hielten vor dem Haus ein Schwätzchen, als er mit den Koffern die Treppe herunterkam. Er legte den Finger auf den Mund und zwinkerte ihnen zu, und sie verstanden und nickten. Sie waren Verbündete. Nein, sie würden Luise nicht verraten, was er vorhatte. Sie klopften ihm auf die Schulter, blickten traurig und betreten, wünschten ihm eine gute Reise und sahen ihm nach, bis er um die Ecke verschwunden war.

Für Luise hatte er einen Zettel auf dem Küchentisch hinterlassen, damit sie die

Welt nicht verrückt machte, sollte er nicht rechtzeitig vor Einbruch der Dunkelheit zurück sein.

„Bin bei Willi Geburtstag feiern", stand darauf. Und: „Mach dir keine Sorgen, wenn es spät wird. Heißen Fenchel-Tee findest du in der Kanne auf dem Küchenschrank."

Sie liebte heißen Fenchel-Tee.

Man fand Luise drei Tage später. Den Nachbarinnen war aufgefallen, dass sie ein paarmal beim Tratsch im Treppenhaus gefehlt hatte, deshalb alarmierten sie schließlich die Polizei.

Luise lag friedlich in ihrem Bett. Das Teegeschirr stand noch auf dem Nachttisch. Es roch leicht nach Fenchel. Der Gerichtsmediziner stellte fest, dass ihr Herz einfach aufgehört hatte, zu schlagen.

Ach du lieber Gott, und der arme Mann war nicht da, der kümmerte sich gerade um den kranken Schwager...

Zur selben Zeit lag Ludwig längst an Deck eines Mittelmeer-Kreuzers in der Sonne, schlürfte einen Orangen-Cocktail und zwinkerte der hübschen Blondine zu, die an der Reling lehnte und ein Auge auf ihn zu haben schien.

Freilich, er hatte das Leben mit Luise sattgehabt. - Aber nicht das Leben!

Andys Kampf gegen die Liebe

Was tut man in einem Hotelzimmer, wenn man am liebsten etwas ganz Verrücktes anstellen möchte? Andy überlegte. Vielleicht könnte sie den Service anrufen und dem unfreundlichen Herrn von nebenan ein Glas saurer Gurken bestellen, überlegte sie. Lustig wäre auch, der hochnäsigen Dame von gegenüber am Telefon die Geliebte ihres Mannes vorzuspielen: „Isch 'ätte gern mein kleines weiß'aariges Bär'schen gesprochen."
Aber nein, - sie seufzte abgrundtief. Mit angezogenen Knien setzte sie sich auf die niedrige Fensterbank und schaute versonnen zum Strand hinunter. Eigentlich war ihr gar nicht nach Späßen zumute, - im Gegenteil. Sie wußte, dass selbst der verrückteste Einfall sie jetzt nicht von ihren trüben Gedanken befreien konnte. Und auch nicht von ihrer Angst. Denn in etwa zwei Stunden würden Uwe und Mona ankommen, und das bedeutete, dass sie

drei Wochen lang Theater spielen und den aufgedrehten lustigen Teenager mimen mußte. Wäre schön gewesen, sie hätte diese Rolle ein wenig üben können, bevor es ernst wurde, doch im Augenblick stand ihr der Sinn ganz und gar nicht danach.

„Kann ich unter die Dusche, Kleines? Bist du fertig?," fragte Toby, als er hereinkam. Er hatte sich in der Hotelhalle Zigaretten besorgt. Sie stellte sich vor, wie ihm die Rothaarige an der Rezeption wieder schöne Augen gemacht hatte. - Natürlich konnte Toby nichts dafür, - sie warf ihm einen liebevollen Blick zu. Er war nun mal ein bildschöner Mann, der alle Blicke auf sich zog: Sonnengebräunte Haut, schokoladenbraunes Haar, rehbraune Augen... Sie war so stolz auf ihn. Und darauf, dass er sich ausgerechnet in sie verliebt hatte. Allerdings gab es auch manchmal Momente, in denen sie sich wünschte, er wäre eher krumm und hässlich. Zum Beispiel beim Einchecken auf dem Frankfurter Flughafen, als ihm die blonde Lufthansa-Fee tief in die Augen geschaut und gehaucht hatte: „Ich wünsche

Ihnen einen guten Flug."

Freundlich lächelnd hatte er ihr zugenickt, aber sie, Andrea, hatte sich mit funkelnden Augen dazwischengeschoben und sie frei heraus gefragt: „Mir auch?"

Die uniformierte Schöne hatte wenigstens so viel Anstand besessen, rot zu werden.

„Selbstverständlich Ihnen auch", hatte sie gestottert.

Toby war hin- und hergerissen gewesen zwischen peinlich berührt und amüsiert.

„Aber Kleines", hatte er ihr vorwurfsvoll ins Ohr geraunt.

Im Hotel angekommen wiederholte sich dasselbe Spiel mit der Rothaarigen an der Rezeption: Flatternde Augenlider, leicht geöffnete sehnsüchtige Lippen, abgrundtiefer Blick... „Ich wünsche Ihnen einen wunderschönen Aufenthalt", gurrte sie mit vibrierender Stimme. Was blieb Andrea da anderes übrig, als sich wieder auf irgendeine Weise bemerkbar zu machen?

„Keine Angst, dafür werde ich schon sorgen", hatte sie sie beruhigt und sich demonstrativ an Tobys Arm gehängt. Die feine Dame wurde nicht einmal rot, sondern warf ihr nur einen Blick zu, als hätte sie sie am liebsten ausgelöscht.

Ja, es war wahrhaftig nicht immer leicht an Tobys Seite. Und es würde noch schlimmer kommen, wenn er erst einmal berühmt war. Er hatte nämlich vor kurzem seine erste CD herausgebracht, und Uwe, sein Freund und Produzent, hatte ihm versprochen, dass sie einschlagen würde, wie eine Rakete. - Naja, noch hielt sich die Nachfrage in Grenzen, doch Uwe hatte schon mit ganz anderen Leuten zu tun gehabt, er mußte es wissen. Toby sah nämlich nicht nur gut aus, er hatte auch eine wunderschöne samtweiche Stimme. Er war zum Star geboren, und ganz sicher würde es nicht mehr lange dauern, bis das auch der Rest der Welt erkannt haben würde. Vielleicht würden sie schon im nächsten Jahr um diese Zeit nicht mehr so unbehelligt im Hotel ein- und ausgehen können, weil kreischende Fans den Eingang blockierten und seine Zimmertür belagerten, und weil ihm die Reporter im Blitzlichtgewitter einen Wald von Mikrophonen entgegenhielten. - Ehrlich gesagt, Andy war froh, dass es noch nicht soweit war, denn dann, so befürchtete sie, wäre sie wohl endgültig nur noch ein kleines unbedeutendes Nichts neben ihm.

Sie tranken Eistee auf der Terrasse, während sie auf Uwe und Mona warteten. Von dort aus konnten sie die Straße entlangsehen, die am Horizont zwischen den Hügeln im Dunst verschwand. Jedes Auto, das den Weg hier heraus fand, rollte ihnen in einer Wolke von Staub entgegen. Bisher waren nur kleine Wolken angekommen, - Andy wartete auf eine große, die den Bus in sich barg. Sie war so aufgeregt und zappelig, dass sie Mühe hatte, stillzusitzen. Reiß dich zusammen! ermahnte sie sich. Niemand durfte merken, was in ihrem Inneren vorging. Und Toby am allerwenigsten.

Um auf andere Gedanken zu kommen, versuchte sie, ganz banale Bilder heraufzubeschwören: Mama, wenn sie eine ihrer meisterhaften Torten präsentierte, - Bello, der Terrier, wenn sie mit ihm im Garten herumtollte, - ihre Freundin Lara...

Doch es war sinnlos, immer wieder mußte sie an diesen verdammten Bus denken und daran, wen er mitbringen würde. Sie reckte sich und schaute an der Fassade des Hotels hinauf: Ein weißer Palast vor azurblauem Himmel. Mit kleinen roten Markisen über den Fenstern. Das Hotel stand auf einer Landzunge, umgeben von tiefblauem Meer. Hüben und drüben zogen sich weiße Sandstrände die Küste entlang, gesprenkelt von bunten Sonnenschirmen und einem Gewusel aus sonnenhungrigen Urlaubern. Die Segel der Boote, die am Horizont vorüberglitten, blähten sich in der leichten Brise. Es war ein Traum. Sie waren Teil einer wunderschönen, zum Leben erwachten Postkarte geworden. „Ist es nicht schön hier, Kleines?", fragte Toby und griff nach ihrer Hand.

Sie nickte und zog an ihrem Strohhalm. „Ja", seufzte sie, „hoffentlich bleibt es auch so."

„Ich glaube kaum, dass wir hier mit schlechtem Wetter rechnen müssen", verkannte Toby ihren Wunsch mit einem Blick in das wolkenlose Blau.

Nein, dachte sie verbissen, ich werde schon dafür sorgen, dass wir immer eitel Sonnenschein haben werden.

Dann sah sie die Staubwolke am Horizont. Noch winzig klein, aber sie kam immer näher. Millimeterweise, wie ihr schien.

„Sie kommen!", rief sie und sprang auf.

Toby schaute sich um und sah sie nun auch.

„Setz dich wieder hin. Es dauert mindestens noch eine Viertelstunde, bis sie hier sind."

„Glaubst du?"

„Ich wette darauf."

Sie setzte sich wieder und zog noch einmal an ihrem Strohhalm. Sie schlürfte. Toby warf ihr einen vorwurfsvollen Blick zu.

Es dauerte eine Ewigkeit, bis er den Kellner rief, um den Eistee zu bezahlen. Und dann noch eine, bis er ihm das Geld reichte. Und eine weitere, bis er seelenruhig das Wechselgeld einsteckte und sich endlich erhob.

Sie standen unten am Portal, als der Bus vorfuhr. Es war ein altes klappriges Modell. So alt und hässlich, und so verstaubt, dass man weder seine ursprünglichen Farben noch irgendwelche Schriftzüge erkennen konnte. Sekundenlang tat sich nichts, nur hinter den verstaubten Scheiben nahm man vage wahr, dass sich etwas bewegte. Dann öffnete sich die Tür vorn beim Fahrer, und die ersten Reisenden stiegen aus.

Andys Herz klopfte zum Zerspringen.

Als erstes sah sie Mona, die sich graziös von einem älteren Herrn beim Aussteigen helfen ließ. Sie trug ein weißes ärmelloses Kleid und einen Strohhut mit breiter geschwungener Krempe, ihr langes glattes dunkles Haar flatterte leicht im Wind. Mit strahlendem Lächeln kam sie auf die Freunde zu. Oh nein, sie kam nicht, sie schwebte. Ihr Make-up war makellos. Eine flüchtige Umarmung, ein Hauch ihres exotischen Parfums, und Andy fragte sich, wie sie es fertigbrachte, nach einem Dreistundenflug und einer Holperfahrt über eine staubige Piste noch auszusehen, als sei sie eben einem Modejournal entstiegen.

Und dann sah sie ihn. Groß, kräftig und blond stand er plötzlich vor ihnen und stellte lachend die Reisetaschen ab.

„Hallo!", sagte er ein wenig steif. Andy sah das leichte Flattern seiner Augen in ihre

Richtung, als er Toby mit herzlichem Handschlag begrüßte.

Und dann standen sie einander gegenüber, er und sie. Ihre Hand in seiner Hand. Ihr Blick in seinem Blick. Nur sekundenlang. Hätte es länger gedauert, wären ihr die Knie eingeknickt wie Streichhölzer.

„Wie war die Reise?", fragte Toby, als sie auf das Hotelportal zuliefen. „Hattet ihr einen guten Flug? Ich schätze, der alte Klapperkasten von einem Bus wird euch den Rest gegeben haben."

Andy blieb ein wenig zurück. Jetzt war er also da. Wie sollte es nun weitergehen? Würde sie es schaffen, das lustige unbekümmerte Mädchen zu spielen, während ihr Herz fast zerbrach?

Ja, sie schaffte es tatsächlich. Sie war ein Ausbund an Ausgelassenheit und Vergnügen, machte ihre Späßchen und brachte alle zum Lachen. Es gelang ihr sogar, die schöne stolze Mona so zu erheitern, dass ihr die Tränen in den Augen standen, - und das wollte wahrhaftig etwas heißen. Andy kicherte über alles und jeden, - nicht immer so dezent, wie es sich gehört hätte. Zum Beispiel, als ihr das Eis aus der Waffel auf Tobys nackten Rücken klekste, und er wie ein Schachtel-Teufelchen erschrocken auffuhr. Oder als ein eleganter Herr im Restaurant würdevoll an ihnen vorüberschritt und dann über den Teppich stolperte. Und ganz besonders, als der dicken Frau am Tisch gegenüber eine Erbse von der Gabel hüpfte und in ihrem mächtigen Ausschnitt verschwand.

Am Strand alberte sie mit Kindern aller Nationalitäten herum oder spielte Fußball mit einer Clique Jungs aus Holland. Sie waren vierzehn oder fünfzehn, ihr Anführer hieß Hendrik. Er sprach ein lustiges, holperiges Deutsch. Uwe hatte ihn einfach gefragt, ob sie mitspielen durften, Andy und er. Mona und Toby hatten keine Lust zu solchen Kindereien und wollten lieber in der Sonne braten. Hendrik schaute Andy von oben bis unten an. „Du etwa auch?", fragte er zweifelnd.

„Klar, warum nicht?"

„Hast du überhaupt Ahnung von Fußball?"

„Na, und ob!" Als Kind war sie schließlich oft genug bei ihren Brüdern und deren

Freunden als Reservespieler eingesprungen, wenn Not am Mann war.

Nachdenklich nagte der kleine Holländer an seiner Unterlippe. „Stürmer oder Verteidiger?"

„Stürmer."

„Also gut. Du spielst auf dieser, und du auf der anderen Seite."

Uwe war der einzige, der alles mitmachte. Es gab Augenblicke, in denen Andy fast vergaß, dass er es war, mit dem sie um die Wette rannte, mit dem sie lachend und ausgelassen um einen Ball kämpfte, oder der ihr zurief: „He, Andy, was machen wir jetzt? Schlag mal was vor."

Wenn er sie ‚Andy' nannte, dann klang das, als riefe er: ‚He, Kumpel!' Manchmal nannte er sie auch ‚Kleines', aber nur, um sich über Toby lustig zumachen. „Der Teller wird leergegessen, Kleines. Wenn Toby jeden Tag deine Portion mitessen muß, wird er zu fett."

Ja, in ihrer Gesellschaft konnte man sich prächtig amüsieren. Doch wie es innen drin in ihr aussah, das schien niemanden zu interessieren. Nicht einmal Toby ahnte, dass sie nachts wach lag und von einem anderen träumte. Und zwar nicht nur davon, dass er Fußball mit ihr spielte.

Es hatte vor Wochen in Berlin angefangen. Vielleicht auch schon früher, manchmal lässt sich das nicht mehr so genau sagen. Sie hatte dabei sein dürfen, als Uwe in seinem Tonstudio Tobys erste CD aufnahm. Uwe war Junggeselle, - das heißt, mal mehr und mal weniger. Zu jener Zeit jedenfalls hauste er allein in seiner umgebauten alten Kate im Grunewald, in der er sich auch sein Tonstudio eingerichtet hatte. Für die Aufnahmen waren zwei Wochen vorgesehen. Schon nach dem zweiten Tag hatte sich ein gewisser Rhytmus im Tagesablauf eingestellt. Nach dem Frühstück ging's ins Studio, über Mittag wurde eine Pause eingelegt, und dann ging's noch einmal zurück zu Synthesizer, Mikrophon und Mischpult. Da wurde komponiert, arrangiert und ausprobiert, was das Zeug hielt. Es sollte ja etwas ganz Besonderes werden.

Es mag interessant sein, einem künftigen Star bei der Arbeit zuzuhören und zuzusehen, aber höchstens einen Tag lang. Notfalls auch mal zwei. Aber nicht zwei volle Wochen. Andrea hielt es immerhin drei Tage aus, doch dann wurde es auch ihr zu langweilig, und sie beschloß, etwas Nützlicheres zu tun: Sie kochte. Von nun an wurden die sanften Balladen punkt zwölf Uhr von feurigem Paprika-Gulasch unterbrochen, die rockigen Songs gegen cremigen Kartoffelbrei eingetauscht, und als Ausgleich zu den fetzigen Synthesizern gab's zum Nachtisch Schokoladen-Pudding. Den beiden Musikern gefiel das. Sie hätte wetten mögen, dass das Ergebnis nicht halb so gut ausgefallen wäre, hätte sie sich nicht so intensiv um ihr leibliches Wohl gekümmert.

Da sie allerhand Lebensmittel für die Kocherei brauchte, Uwes Kate aber weit ab vom nächsten Zentrum lag, fuhr er sie jeden Morgen in den Supermarkt zum Einkaufen. Toby war ein passionierter Langschläfer, und wenn er endlich noch schlaftrunken die Treppe herunterkam, hatte sie mit Uwes Hilfe bereits den Frühstückstisch gedeckt, und es duftete nach Kaffee und frischen

Brötchen. Und der Kühlschrank war gefüllt mit den herrlichsten Zutaten fürs Mittagessen.

Uwe war alles andere, als ein Morgenmuffel. Schon auf der Fahrt zum Supermarkt ging es recht lustig zu. Es gab immer einen Grund zu lachen und sich über etwas zu freuen, selbst, wenn es nur der Sonnenschein war, oder der blaue Himmel. Oder einfach nur, weil sie sich so gut verstanden.

Für Andy war es eine wunderschöne Zeit, und manchmal wünschte sie sich, sie würde niemals zu Ende gehen. Sie wußte, dass sie die morgendlichen Einkaufsfahrten vermissen würde, das Hantieren in der Küche, das lustige Geplänkel mit Uwe, sein amüsiertes Zwinkern und sein herzhaftes Lachen.

Beim Abschied begleitete er seine Gäste bis zum Tor. Andy hatte ihm nur kurz die Hand gereicht und sich dann gleich ins Auto verkrochen. Niemand sollte ihre verschleierten Augen sehen. Als Toby langsam anfuhr, hupte er noch einmal und winkte aus dem offenen Schiebedach. Sie hatte die Scheibe heruntergekurbelt und streckte in einem Anflug von schmerzlicher Traurigkeit die Hand nach Uwe aus. Er nahm sie, hielt sie fest und lief ein paar Schritte neben dem Wagen her. Diesmal lachte er nicht, er schaute sie nur an, wie sie noch nie jemand angesehen hatte. Auch Toby nicht. Nur eine Sekunde lang, dann nahm der Wagen an Geschwindigkeit zu und ihre Finger glitten aus seiner Hand. Aber in dieser einen Sekunde wußte sie, dass von nun an alles anders war.

Sie hatte ein schlechtes Gewissen und war deshalb ganz besonders lieb zu Toby. Es war ja nicht seine Schuld. - Doch war es denn ihre? War überhaupt jemand schuld daran? In den kommenden Wochen versuchte sie, sich vor jedem Zusammentreffen mit Uwe zu drücken. Im Ausdenken von Ausreden war sie sehr erfinderisch. Keinesfalls wollte sie Uwe wiedersehen. Nie mehr. Sie gehörte zu Toby, und das sollte so bleiben. Sie hatte sich doch geschworen, ihn niemals zu betrügen oder ihm wehzutun. Ihm, für den sie dem lieben Gott jeden Tag dankbar sein mußte. Irgendwann würde ihr

Herzschmerz vorübergehen wie eine lästige Grippe, davon war sie überzeugt, es mußte nur genügend Zeit verstreichen.

Als sie von dem geplanten gemeinsamen Urlaub hörte, wurde sie von Panik erfasst. „Ich will mit dir alleine sein, Toby", maulte sie, „auf niemanden Rücksicht nehmen müssen. Ich will nicht, dass dauernd jemand um uns herum ist." Aber es half nichts, schließlich waren Toby und Uwe Freunde.

Inzwischen war ihr Uwes neueste Eroberung vorgestellt worden, seine neue große Liebe namens Mona, die diesmal auch im Urlaub mit dabei sein sollte. Und diese Mona war so traumhaft schön, dass Andy glaubte, in ihrer Gegenwart regelrecht zu verblassen. Gegen diese elegante und damenhafte Mona würde sie sich ausnehmen wie ein albernes Huhn, und das war gut so, fand sie. Denn wenn sie gezwungen sein würde, zuzusehen, wie diese Frau mit Uwe turtelte, ihn küsste, mit ihm zusammen im gemeinsamen Zimmer verschwand, das wäre wie Medizin für sie und würde ihr helfen, bald überm Berg zu sein. Es kam nur darauf an, durchzuhalten und nicht aufzufallen. Sie mußte der lustige Clown sein, durfte niemanden in ihr Herz schauen lassen. Toby nicht, und Uwe schon gar nicht.

Wie gesagt, sie schaffte es. Sie war perfekt! Bis..., bis sie eines Tages ganz unverhofft einem von Uwes Blicken begegnete, der sie wie ein Pfeil bis ins Innerste ihres Herzens traf. Sie erschrak zu Tode, - blinzelte, wandte sich von ihm ab, schaute übers Meer, - und schaute wieder hin... Er sah sie noch immer an. Unverwandt. Und ein leises Lächeln lag auf seinen Lippen. Und in seinen Augen. Ein unendlich zärtliches Lächeln.

Der Schrecken fuhr ihr in den Magen. Schrecken vor allem deshalb, weil sie nicht rechtzeitig das Rollo vor ihrer Seele heruntergelassen hatte. Verdammt, nun mußte er wissen, wie es um sie stand. Sie suchte Schutz bei Toby und lehnte ihren Kopf an seine Schulter.

„Was ist denn los, Kleines?"

„Ich..., ich werde mir jetzt ein Eis kaufen", stammelte sie, und dann rannte sie einfach los.

Von diesem Tag an, war es vorbei mit ihrer

lustigen Ausgelassenheit. Kein albernes Gekicher mehr, keine Späßchen, kein Schabernack... Ihr mühsam aufrecht erhaltenes Kartenhaus war eingestürzt. Am liebsten hätte sie sich in den nächsten Bus gesetzt und wäre in Richtung Flugplatz davongerumpelt. Mit gesenktem Kopf saß sie beim Essen und stocherte auf ihrem Teller herum, beim gemeinsamen Schiffsausflug am nächsten Tag hing sie trübsinnig an der Reling, und wann immer ihr Uwe zu nahe kam, suchte sie in Panik das Weite. Sie hatte auch keine Lust mehr, mit den Holländern Fußball zu spielen, selbst als ihr die Ehre zuteil wurde, dass Hendrik sie persönlich darum bat. Und als Uwe sie fragte, ob sie mit ihm schwimmen ginge, konnte sie nur wortlos den Kopf schütteln.

Toby machte sich Sorgen um sie. Beunruhigt legte er seine Hand auf ihre Stirn und fragte: „Bist du krank, Kleines? Irgendwas stimmt doch nicht mit dir."

Am Nachmittag nahm Mona sie beiseite. „Andy, bitte, gibt es etwas, weshalb du mir böse sein könntest?"

„Nein, warum sollte ich dir denn böse sein?"

„Ich meine, vielleicht ärgert es dich, wenn ich mit Toby... Das heißt, wenn wir beide keine Lust auf irgendwelche Spiele haben so wie ihr."

„Nein, Mona."

„Ich liege gern in der Sonne. Das Rumgealber ist nicht so mein Ding, verstehst du? Und ich glaube, Toby empfindet ähnlich wie ich."

„Mach dir deshalb keine Gedanken", beruhigte Andrea sie. „Ich fühle mich nur einfach nicht besonders gut, das ist alles. Das hat nichts mit dir zu tun."

„Du bist also nicht... eifersüchtig?"

Andy lächelte. „Nein", antwortete sie. Und sie meinte wirklich, was sie sagte. Erst sehr viel später fiel ihr auf, dass ihr Mona erstaunlicherweise nicht versichert hatte, dass es eigentlich auch gar keinen Grund zur Eifersucht gab.

Von den kurzen Ausflügen, die sie in den darauffolgenden Tagen unternahmen, bekam Andy nur wenig mit. Sie war so blind in ihrem Unglück, dass sie gar nicht merkte, was um sie herum geschah. Natürlich war ihr nicht entgangen, dass Toby und Mona sich mochten. Warum auch nicht? Sie fand das nicht beunruhigend. Im Gegenteil, es kam ihr sogar sehr gelegen. Dadurch würde Toby nicht gleich merken, dass ihre Gedanken immer wieder von ihm abschweiften und um einen anderen kreisten. Warum sollte ausgerechnet sie eifersüchtig sein? Sie, die sie ihn doch eigentlich Tag für Tag betrog. Wenn auch nur in Gedanken. Ihr wurde auch kaum bewußt, warum sie sich immer häufiger an Uwes Seite wiederfand, während Mona und Toby vorausliefen oder zurückblieben, um etwas Interessantes zu betrachten, zu bestaunen oder ellenlange Gespräche zu führen.

Mona suchte schon seit Tagen nach einem dieser hübschen Muscheldöschen, von denen sie eines ihrer Schwester als Andenken mitnehmen wollte. Und als sie mit Toby den kleinen Souvenir-Shop betrat, in dessen Auslage sie eines entdeckt hatte, passierte wieder genau dasselbe, wie schon so oft zuvor: Ehe Andrea begriff, was sie vorhatten, waren die beiden schon im Laden verschwunden, und sie stand allein vor der Tür. Nein, nicht allein, sondern mit Uwe, und das war weitaus schlimmer. Sie sah ihnen nach, machte ein paar Schritte, um ihnen zu folgen, wollte verzweifelt: ‚Toby, bleib doch!' rufen, - aber kein Wort kam über ihre Lippen.

Nein, eifersüchtig war sie nicht, aber sie fürchtete sich. Vor allem, weil Uwe sie am Arm zurückhielt. „Kleines!" sagte er, und seine Stimme war auf einmal rau und klang ganz anders, als sonst. „Was ist denn bloß los mit dir? Mach doch die Augen auf, du hast gar keinen Grund, traurig zu sein."

Aber sie machte die Augen nicht auf. Sie preßte die Lippen fest aufeinander und schwieg. Sie fühlte seinen Blick, als wären es seine Hände. ‚Nicht heulen,' dachte sie verzweifelt. ‚Alles, nur jetzt nicht heulen!' Und dann wandte sie sich um und lief davon. Sie ließ ihn einfach stehen.

Den Abend verbrachten sie gemeinsam auf der Terrasse des Hotels, eine Drei-Mann-

Kapelle spielte zum Tanz auf.

Es war eine laue Sommernacht mit leisem Donnergrollen in der Ferne und Wetterleuchten am Horizont über dem Meer. Es hätte so unendlich romantisch sein können. Stattdessen waren sie alle von einer seltsam gedrückten Stimmung erfasst worden, und sie redeten kaum miteinander.

Nur einmal, als sie mit Toby tanzte, schienen sich Andys Lebensgeister für kurze Zeit zurückzumelden, einer nach dem anderen. Um sich dann, - schwupps, - schleunigst wieder zu verkriechen, sobald sie an den Tisch zurückkamen.

Mona spielte nervös mit ihren Armreifen. Sie warf Andy einen schnellen Blick zu, schaute dann von Uwe zu Toby und wieder zurück. Endlich brach Uwe das Schweigen.

„Toby, du hast doch sicher nichts dagegen, wenn ich mal mit Andy tanze, oder?"

„Aber nein, natürlich nicht. Wenn sie damit einverstanden ist. - Dafür mußt du mir allerdings einen Tanz mit Mona erlauben."

Der Anfang war also gemacht, und alle atmeten hörbar auf. - Nur Andy nicht. Sie fühlte sich, als sei sie nur Zuschauer dieser Szene, als stünde sie abseits. Als ginge sie das alles gar nichts an. Erst Sekunden später schien sie zu begreifen. Sie sollte mit Uwe tanzen? - Nein! schrie es in ihr, und sie erstarrte. Das wollte sie nicht! Warum ließ Toby das zu. Warum sagte er nicht: ‚Laß die Finger von meiner Andy, sie gehört zu mir.' Am liebsten wäre sie weggelaufen. Irgendwohin, wo sie niemand mehr finden würde. - Doch wie weit wäre sie schon gekommen mit derart wackeligen Knien?

Uwe war ein guter Tänzer. Das hatte sie gewußt, denn sie hatten schon früher miteinander getanzt, als noch alles anders war. Das war lange her, Millionen von Jahren. Zum Glück spielte die Band ein flottes Stück, und Uwe ließ ihr viel Freiraum an seiner Hand. Er führte gut und kannte eine Menge hübscher Figuren. Wenn sie den Kopf nicht hob, um ihn anzusehen, konnte sie sich einreden, mit irgendeinem x-beliebigen Mann zu tanzen. Mit einer Kombination aus Jeans, blauem Hemd und Turnschuhen. Sie hätte auch alles unbeschadet überstanden, wenn..., ja, wenn die Kapelle nicht plötzlich zu einem langsamen Song übergewechselt wäre, und sie sich in Uwes Armen wiedergefunden hätte. Sie war kaum mehr fähig, sich zu regen. Verzweifelt hielt sie ihre Hände zu Fäusten geballt und wußte nicht, wohin mit ihnen. Ganz behutsam bog er ihre Finger auseinander, legte sie an seine Brust und umschloss sie mit seiner Hand. Durch den Stoff seines Hemdes konnte sie seinen Herzschlag spüren. Es war ein so schönes Gefühl. Trotz allem! Und während sie noch gegen die Versuchung ankämpfte, einfach ihre Arme um seinen Hals zu legen, wischte er ihr mit dem Fingerrücken ein paar Tränen weg, die sich unter den Wimpern hervordrängen wollten. Sie wußte, dass Toby in diesem Augenblick mit Mona tanzte. Irgendwo neben ihnen, hinter ihnen... Er könnte sie beobachten, und keinesfalls durfte sie etwas tun, womit sie ihm wehtat. Sie durfte nicht, sie durfte nicht, sie durfte nicht!

In dieser Nacht heulte sie wieder. Lautlos, weil sie Toby nicht wecken wollte. Vorsichtig setzte sie sich im Bett auf und dachte über sich und ihre Situation nach. Und je aussichtsloser sie ihr schien, desto mehr mußte sie heulen.

„Kleines, was ist denn?" fragte Toby in die Dunkelheit hinein.

Sie gab ihm keine Antwort, - was hätte sie ihm denn sagen sollen?

Er knipste das Licht an. Kopfschüttelnd betrachtete er sie und strich ihr das Haar aus der Stirn. „Liebst du ihn so sehr?", fragte er leise. Sie konnte nur nicken.

„Er hat dich auch ganz wahnsinnig lieb."

Sie schniefte. Sprachen sie eigentlich von derselben Sache? Und wenn, warum nahm er es dann so gelassen hin? Schließlich hatte sie, wenn auch nur durch ein Nicken, gerade zugegeben, dass sie ihn betrog. Wieso war er nicht wütend? Oder wenigstens ärgerlich? Oder traurig?

Umständlich putzte sie sich die Nase. „Bist du mir denn gar nicht böse?"

Er lächelte. „Nein."

„Aber weshalb nicht. Ich hab dich verraten."

„Nein, das hast du nicht. Man kann nichts dafür, wenn man sich in jemanden verliebt.

Und du schon gar nicht. Du hast so lange versucht, dich dagegen zu wehren. Außerdem..." Er schwieg eine Weile und lächelte. „Außerdem ist etwas ganz Seltsames passiert", fuhr er dann fort. „Mona und ich..., wir haben uns auch ineinander verliebt."

Na sowas! Sie war sprachlos! Dass die beiden sich mochten, das hatte sie ja längst bemerkt, aber niemals wäre ihr in den Sinn gekommen, dass sie... Fast mußte sie unter Tränen lachen. „Ehrlich?"

Er nickte.

„Und was machen wir jetzt?"

„Jetzt müssen wir die Geschichte so schnell wie möglich in Ordnung bringen."

„Aber wie."

„Ich habe schon mit Uwe und Mona darüber gesprochen. Ab morgen..."

„Das heißt also...?"

Er nickte. „Ja, das heißt, dass es ab morgen für uns beide zu Ende ist."

„Irgendwie hab ich dich trotzdem noch lieb, Toby."

„Ich dich auch, Kleines."

Sie legte die Arme um seinen Hals und

küsste ihn. „Darf ich das heute noch?"

„Aber ja. Heute darfst du das noch."

Sie schmiegte sich in seinen Arm, bevor er das Licht löschte. In dieser Nacht schlief sie besser.

Am nächsten Morgen nach dem Frühstück war es wieder Uwe, der als erster das Schweigen brach. Er stand auf, nahm Andy an die Hand und sagte, als sei es die selbstverständlichste Sache der Welt: „Komm mit, Andy, ich hab uns ein Motorrad besorgt. Sag mir, wohin ich fahren soll!"

Es war ihr gleichgültig, wohin er fuhr. Als sie auf der staubigen Straße dahinrasten, hielt sie sich an ihm fest und lehnte ihre Stirn an seinen Rücken. Endlich durfte sie das, endlich brauchte sie nicht mehr nur davon zu träumen.

Irgendwo am Meer hielt er an. Kein Mensch weit und breit, nur sie beide.

„Ich liebe dich, Andy", sagte er zärtlich und küsste sie. Und sie küsste ihn. Und sie sich beide. Immer wieder. Sie hatten so viel nachzuholen.

„Aber nicht nur wegen des Paprika-Gulaschs, oder?" fragte sie, als sie wieder

Luft bekam.

„Mmh, ein bisschen schon. Aber nur ein bisschen."

„Ich muß dir was sagen, Andy", kam seine Stimme aus der Dunkelheit.

„Ja?"

„Mona und ich, wir waren nie ein Liebespaar."

„Aber..."

„Sie hat Toby bei verschiedenen Anlässen getroffen und fand ihn vom ersten Augenblick an faszinierend. Das wußte ich. Ich hab sie einfach angerufen und gefragt..."

„Und dann?"

„Dann hab ich ihr von uns erzählt, von meinem Plan, und sie war einverstanden."

Andy setzte sich im Dunkeln auf und wußte nicht, was sie darauf antworten sollte.

„Wir konnten ja nicht wissen, dass du es uns so verdammt schwer machen würdest."

Sie fühlte seine Hand an ihrer Wange, seinen Daumen, der zärtlich über ihre Lippen strich.

„Böse?", fragte er dicht an ihrem Ohr.

„Nein." Sie schüttelte den Kopf. Wie hätte sie ihm böse sein können. Schließlich war er es, der sie davon überzeugt hatte, dass es keine schlimme Virusinfektion war, die sie befallen hatte, sondern einfach nur die große Liebe.

Déjà-vu

Es goss in Strömen, als Friedrich Wiesner vor der Polizeiwache ankam. Vom kalten Ostwind getrieben klatschten die nassen Blätter auf die Windschutzscheibe und ließen sich von den Scheibenwischern nur widerwillig zur Seite schieben.

Wiesner stellte den Motor ab und zündete sich eine Zigarette an. Seine Hände zitterten.

Er war ein rechtschaffener Mann, sagte er sich zum hundertsten Male. Sein Leben lang war er immer ehrlich und aufrichtig gewesen. Niemals hätte er daran gedacht, einen anderen Menschen zu betrügen oder gar zu bestehlen. In diesem Sinne hatte er auch seinen Sohn erzogen. Und nun hatte man den Jungen mit sogenannten Freunden beim Einbruch in einen Kiosk erwischt. Wie hatte er ihm das nur antun können! Sein Sohn, sein Kind, für das er alles getan hatte. Für das er sein Leben lang gearbeitet und sich abgerackert hatte. Dem es an nichts fehlte.

Er war wütend. Er schlug den Kragen des Trenchcoats hoch und stieg aus.

Es war zehn Minuten nach Mitternacht, als er die Polizeiwache betrat. Man hatte ihn angerufen und ihm mitgeteilt, dass er seinen Sohn abholen könne. Verwundert stellte er fest, dass trotz der späten Stunde noch immer reges Treiben auf der Wache herrschte.

Langsam ging er den langen Gang entlang und schaute durch die offenstehenden Türen in die Schreibstuben hinein. Die Polizisten hatten alle Hände voll zu tun, niemand nahm von ihm Notiz. Ein Betrunkener saß, vor sich hin lallend, in einer Ecke auf einer Bank, und von irgendwoher kam das schrille Kreischen einer Frau.

Durch eine der offenen Türen sah Wiesner einen Beamten an seiner Schreibmaschine sitzen und ein Protokoll tippen.

Er klopfte an den Türrahmen, um sich bemerkbar zu machen. „Entschuldigen Sie..."

Der Polizist sah kurz auf, ohne seine Arbeit

zu unterbrechen.

„Was gibt's denn?", fragte er ein wenig barsch.

„Mein Sohn...", sagte Wiesner. Er schämte sich. „Ich möchte ihn abholen."

„Name?"

„Wiesner. Kai Wiesner. Er hat..."

„Moment", unterbrach ihn der Beamte und hob die Hand. Mit zusammengekniffenen Augen konzentrierte er sich auf das Blatt in der Maschine und korrigierte einen Fehler. „Wie hieß er doch gleich?", fragte er dann noch einmal, während er kritisch sein Ergebnis betrachtete.

„Wiesner. Kai Wiesner", wiederholte der Mann im Trenchcoat.

Der Beamte stand auf und ging zur Tür.

„He, Bruno!", rief er über den Gang einem Kollegen zu. „Hol mal den Wiesner, sein Vater ist da!"

Dann wandte er sich wieder an seinen Besucher und legte ihm ein Formular zur Unterschrift vor.

„Sie können dort vorn neben dem Ausgang Platz nehmen und auf ihn warten."

Wiesner lief den langen Flur zurück. Am

Ausgang blieb er stehen, vergrub die Hände in den Manteltaschen und wartete. Er mochte sich nicht setzen, er war noch immer wütend.

Es dauerte kaum fünf Minuten, als der Junge von einem Beamten durch eine Tür am anderen Ende des Ganges hereingeführt wurde. Er sah zerzaust und ängstlich aus. In seinen großen braunen Augen stand Verzweiflung. Er war erst fünfzehn. Als er auf seinen Vater zugelaufen kam, schien es, als wolle er sich ihm reuevoll in die Arme werfen und um Verzeihung bitten.

Für Friedrich Wiesner schien die Zeit stillzustehen. Während er noch überlegte, wie er seinem Sohn wegen dieser Untat begegnen sollte, sah er ihn wie in Zeitlupe auf sich zukommen. Zehn Schritte trennten sie noch von einander.

So nicht, mein Junge, dachte er, und sein Zorn loderte erneut auf. Er wollte es ihm schon zeigen. Sie waren rechtschaffene Leute, die sich niemals hatten etwas zuschulden kommen lassen.

Jetzt waren es nur noch fünf Schritte...

Ein Einbrecher hatte in seiner Familie keinen Platz. Ein Dieb konnte nicht länger sein Sohn sein. Bisher war es ihm viel zu gut gegangen, diesem Nichtsnutz, aber das sollte jetzt anders werden.

Noch zwei Schritte...

Er würde ihn irgendwo in die Lehre schicken, weit fort von zu Hause. Dort sollte er lernen, was es hieß, hart zu arbeiten, um seinen Lebensunterhalt selbst zu verdienen...

Friedrich Wiesner erwachte wie aus einem tiefen Traum. Er blinzelte. War da nicht eben sein Sohn auf ihn zugekommen? Aber nein, er schien nur geträumt zu haben, denn erst jetzt, in diesem Augenblick, öffnete sich die Tür am Ende des Ganges, und ein Beamter führte den Jungen herein. Er sah zerzaust und ängstlich aus. In seinen großen braunen Augen stand Verzweiflung. Er war erst fünfzehn. Als er auf seinen Vater zugelaufen kam, schien es, als wolle er sich ihm reuevoll in die Arme werfen und um Verzeihung bitten.

Noch trennten sie etwa zehn Schritte voneinander.

Friedrich Wiesner dachte nach. War es nicht vielleicht auch ein bisschen seine eigene Schuld gewesen, dass der Junge an falsche Freunde geraten war? Hatte er als Vater versagt? Hatte er sich zu wenig um Kai gekümmert? Zu wenig Zeit für ihn gehabt?

Noch fünf Schritte...

Wäre es nicht wichtiger, dem Jungen klarzumachen, warum man sich nicht an fremdem Eigentum vergreifen durfte, anstatt ihn wegzuschicken und ihn sich selbst zu überlassen? Brachte er ihn nicht vielleicht gerade dadurch in eine Situation, in der er auf dumme Gedanken kommen konnte? - Doch einen Denkzettel wollte er ihm schon verpassen. Einen Einbruch konnte man nicht einfach so hinnehmen, dafür mußte man ihn bestrafen.

Noch zwei Schritte...

Er würde ihm sein Taschengeld streichen, ihm Hausarrest geben. Er sollte Zeit zum Nachdenken bekommen, um sich klarzumachen, dass es Unrecht gewesen war, was er getan hatte...

Friedrich Wiesner blinzelte erneut und griff

sich an die Stirn. Einen Augenblick lang schloss er die Augen. Was war nur geschehen? Wo war Kai? Er hatte ihn doch eben noch ganz deutlich auf sich zukommen sehen. Er schaute den Gang hinunter, - er war leer. Doch gerade in diesem Augenblick öffnete sich am anderen Ende die Tür, und ein Beamter führte einen zerzausten verängstigten Jungen herein: Seinen Kai. In den großen braunen Augen stand Verzweiflung. Er war erst fünfzehn. Als er auf seinen Vater zugelaufen kam, schien es, als wolle er sich ihm reuevoll in die Arme werfen und um Verzeihung bitten. Friedrich Wiesner spürte einen Stich im Herzen, als er ihn sah. Mein Junge, dachte er, wie hatte es nur so weit kommen können. Das Kind hatte doch alles. - Aber wirklich alles? War es nicht auch die Schuld der Eltern, wenn Kinder in schlechte Gesellschaft gerieten? Wenn es nichts Sinnvolleres für sie gab, als sich auf solche Abenteuer einzulassen?

Noch fünf Schritte...

Andere Väter fuhren mit ihren Söhnen in Urlaub, spielten mit ihnen Fußball, gingen mit ihnen wandern oder zum Angeln. Hatte er das jemals getan? Nein, keine Zeit. Er hatte niemals Zeit gehabt. - Aber..., war das nicht vielleicht nur eine Ausrede? Hatte er jemals versucht, sich Zeit zu *nehmen* für seinen Sohn? War er nicht immer sich selbst überlassen gewesen mit all seinen Sorgen und Problemen? ‚Du bist ein großer Junge', hatte er zu ihm gesagt, du kommst schon alleine zurecht. Ich weiß, dass ich mich auf dich verlassen kann.'

Jetzt nur noch ein Schritt, ein einziger...

War es nicht vielleicht zuviel Verantwortung gewesen, die er ihm aufgeladen hatte? Wie hatte das Kind diese Last all die Jahre allein tragen können...?

Friedrich Wiesner spürte Tränen in den Augen. Er streckte die Arme aus, lief ihm diesen letzten Schritt entgegen und hielt sein schluchzendes Kind in den Armen.

„Verzeih mir Papa, ich werde es nie wieder tun."

Friedrich Wiesner strich ihm über den zerzausten Kopf, während ihm die Tränen über die stoppeligen Wangen liefen.

„Es ist gut, mein Junge. Alles ist gut."

Er zog sein Taschentuch aus der Manteltasche und wischte ihm unbeholfen die Wangen trocken. Dann lächelte er. „Wir gehen jetzt nach Hause", sagte er, „und dann reden wir über alles."

Er legte den Arm um die schmalen Schultern, drückte ihn an sich und führte ihn hinaus.

Es war kalt und dunkel, und es goss in Strömen. Der frische Ostwind trieb nasses Laub vor sich her. Und doch schien es, als hätte irgendwo ein Sonnenstrahl seinen Weg gefunden.

Der 95. Geburtstag

Kläre Buntschuh feierte Geburtstag. Ihren fünfundneunzigsten. Wie eine Königin thronte sie stolz und hoch aufgerichtet an der Stirnseite der Festtafel und schaute mit ihren kleinen stechenden Augen in die Runde ihrer Lieben.

Alle waren sie gekommen: Sohn Robert mit seiner dürren hässlichen Frau zu ihrer Linken, auf der rechten Seite Tochter Beate und ihr arroganter Ehemann. Dahinter folgte eine Schar von Enkeln und Urenkeln, und weiter hinten Leute, mit denen sie wenig zu schaffen hatte: Diverse Vettern und Basen, Nichten und Neffen, von denen sie ohnehin nicht allzu viel hielt.

Da saßen sie nun alle und plapperten durcheinander. Sie hatten sich lange nicht gesehen, und eine Feier wie diese bot Gelegenheit, zu zeigen, wer man war und was man hatte. Und vielleicht auch ein klein wenig mehr daraus zu machen, als in Wahrheit dahintersteckte.

Kläre fing hier und da ein paar Wortfetzen auf. Da prahlte jemand mit seinem neuen Auto, ein anderer erzählte stolz vom Ausbau seines Dachgeschosses, und wieder andere diskutierten über Kindererziehung oder gaben Ratschläge für ein gesundes Eheleben.

Kläre rümpfte verächtlich die Nase. Das war nicht mehr ihre Welt, über derartig banale Themen war sie längst erhaben.

Sie seufzte. Sie fühlte sich einsam in dieser Runde. Mit dem jungen Gemüse wußte sie nichts anzufangen. Von ihren fünf Geschwistern war sie die einzige, die übriggeblieben war, und Wilhelm, ihr Mann, - Gott hab ihn selig, - war ihr schon vor fast zwanzig Jahren ins Grab vorausgegangen.

Sie schnaubte, wenn sie daran dachte. ‚Das war typisch für ihn', sagte sie sich zum wiederholten Male, ‚schon zu Lebzeiten hatte er es meisterlich verstanden, sich im richtigen Moment abzusetzen und vor der Verantwortung zu drücken.'

Ja, der Wilhelm! Er war der erste gewesen, der sich davongemacht hatte, inzwischen waren auch seine Brüder längst von der Bühne abgetreten, - einer nach dem anderen. Nun war nur noch sie übrig, sie und eine stattliche Anzahl von Nachkommen. Und heute feierten alle ihren Ehrentag. Gierig machten sie sich über die Fleischplatten her, leerten Schüsseln voll Gemüse, Kartoffeln und Soße, als hätten sie seit Tagen nichts Anständiges mehr zu essen bekommen. Es kostete ja nichts, das mussten sie ausnutzen. Heute ging alles auf Kläres Rechnung. Die sollte ruhig mal ein bisschen bluten, die hatte doch, weiß Gott, mehr als genug.

Sie nickten ihr zu und lächelten. Ab und zu richtete sogar jemand das Wort an sie, erkundigte sich, wie sie sich fühle, ob die Beine noch mitmachen oder wie es um ihren Blutdruck stehe. Und manche erzählten ihr von Leuten, die sie nicht kannte, oder deren Existenz sie schon vergessen hatte, - pikante Geschichten, von denen man annahm, sie könnten sie amüsieren. Man sprach langsam mit ihr, sehr langsam. Und laut und deutlich. Wie mit einem Kind, das noch nicht alles verstand.

Ja, sie waren alle sehr freundlich zu ihr, - wirklich. Vielleicht ein wenig *zu* freundlich, dachte sich Kläre. Sie gaben sich viel Mühe, sie glauben zu machen, dass man sie liebte und verehrte.

Ha, sie wußte es besser. Das war nur Theater. Erben wollten sie. Erben, und sonst gar nichts. Einer wie der andere. Wäre sie arm wie eine Kirchenmaus, kein Hahn würde nach ihr krähen. Dann säße sie heute wahrscheinlich einsam und verlassen irgendwo in einer ärmlichen Hütte oder in einem drittklassigen Altersheim und müsste sich von einer herzlosen Schwester herumkommandieren lassen. Oder sie wäre längst gestorben. - Obwohl das vielleicht nicht einmal das Schlechteste gewesen wäre.

Kläre griff nach dem Krönchen, das man ihr zur Feier des Tages aufgesetzt hatte. Es war ein wenig verrutscht.

Sigrid sprang auf, kam ihr zu Hilfe und rückte es wieder zurecht. „Alles wieder in Ordnung, Omama", sagte sie fröhlich, „jetzt siehst du wieder hübsch aus."

Kläre hätte es lieber heruntergenommen. Es war ihr albern vorgekommen, dieses Ding aufzusetzen. Aber es war wohl üblich an einem Tag wie diesem, wie ihr Sigrid versichert hatte, deshalb sagte sie sich, dass sie schon Schlimmeres in ihrem Leben hatte ertragen müssen, als ein Krönchen aus Goldpapier auf dem Kopf.

Das Krönchen war natürlich Sigrids Idee gewesen. Wie alles Sigrids Idee gewesen war, was man für die Geburtstagsfeier organisiert hatte: Das Lokal am See, das Essen mit vier Gängen, Kaffee und Kuchen am Nachmittag... Für später war noch eine Überraschung angekündigt worden.

Kläre beobachtete, wie die junge Frau wieder an ihren Platz zurückging und sich setzte. Hübsch war sie ja. Gertenschlank und anmutig in ihren Bewegungen. Und sicher auch klug, sonst hätte sie wohl kaum ihr Examen mit ‚Sehr gut' bestanden. Sie hatte sich wirklich Mühe gegeben, den heutigen Tag so schön wie möglich zu gestalten, das mußte man ihr lassen. - Warum aber tat sie das alles? Doch wohl nicht ganz ohne Grund, oder? Niemand trieb einen solchen Aufwand ohne Hintergedanken, davon war Kläre überzeugt. Wollte sie nicht im Spätsommer mit dem Bau ihres Hauses beginnen? Erhoffte sie sich da nicht vielleicht einen kleinen Zuschuss von ihrer Urgroßmutter? Gab sie sich vielleicht deshalb so hilfsbereit, und kam regelmäßig jede Woche vorbei, um nach ihr zu sehen? Um sich unentbehrlich zu machen und zu zeigen, dass sie die einzige war, die das Erbe wirklich verdiente? - Langsam, langsam, Sigrid, so schnell schießen die Preußen nicht.

Kläre war misstrauisch geworden, sie hatte in ihrem Leben schon zu viele Enttäuschungen hinnehmen müssen. Obwohl ihr Sigrid tatsächlich noch die Liebste von allen war. Aber lieb genug, um zu erben?

Kläre seufzte wieder. Sie wußte genau, was sie von ihrer lieben Verwandtschaft zu halten hatte.

Da war doch vorhin beim Servieren der Suppe der Satz gefallen: „Hätte nie gedacht, dass die alte Spinatwachtel noch so lange durchhält."

Sie hatte es ganz klar und deutlich gehört. Ihre Ohren waren das einzige, worauf sie sich noch hundertprozentig verlassen konnte. Doch das brauchte niemand zu wissen. Seit Jahren spielte sie die Schwerhörige, weigerte sich aber hartnäckig, ein Hörgerät zu tragen. Auf diese Weise hatte sie schon so manches erfahren, was sie eigentlich nicht hätte erfahren sollen.

Spinatwachtel! Das hatte sie hart getroffen. Welch hässlicher Ausdruck! Es könnte der Mittvierziger im karierten Jackett gewesen sein, der diesen respektlosen Ausspruch von sich gegeben hatte. Zuzutrauen wäre es ihm. Starrte er sie nicht schon seit einer halben Stunde ganz unverblümt an? Wer war dieser Mensch überhaupt? Er saß neben Großnichte Renate, wahrscheinlich war er ihr Mann. ‚Angeheiratet!!!' dachte Kläre voller Abscheu. Mein Gott, wie sich die Menschen verändert hatten in den letzten Jahrzehnten. Zu ihrer Zeit, da war man noch feinfühlig und taktvoll gewesen, und wenn man schon über jemanden herziehen mußte, dann tat man es hinter vorgehaltener Hand. Heute sagten sie alles ganz offen heraus. Sie waren freizügig und ordinär geworden, hatten keinen Stil mehr, keinen Sinn mehr für das Feine. Es fehlte ihnen einfach an Lebensart.

Missmutig stocherte sie in ihrem Teller herum. Rinderbraten! Wie gern hatte sie früher Rinderbraten gegessen und sich dazu ein Gläschen Rotwein genehmigt. Inzwischen konnte sie das Fleisch nicht mehr so recht beißen, und durch die Gicht in den Fingern hatte sie Mühe, es kleinzuschneiden. Ihre Schwiegertochter hatte zwar angeboten, ihr behilflich zu sein, aber sie wollte keine Hilfe. Von Bettina schon gar nicht. Und niemals hätte sie es zugelassen, dass man ihr kleine essgerechte Bissen schnitt wie einem Baby. Niemals! So mußte sie sich wohl mehr an das Gemüse halten. Wenn sie sich konzentrierte, bekam sie das Zittern in ihren Händen soweit in Griff, dass ihr nicht die Hälfte wieder von der Gabel rutschte. Zum Glück hatte sie schon lange nicht mehr solchen Appetit wie in jungen Jahren. Ein kleines Stückchen Fleisch, ein Löffel Gemüse, eine mittelgroße Kartoffel, das reichte ihr.

Sie seufzte erneut. ‚Was soll's‘, dachte sie, in ihr Schicksal ergeben, eigentlich konnte sie sich nicht beklagen. Schließlich hatte sie in ihrem Leben schon genug Rinderbraten und andere Delikatessen gegessen!

„Noch etwas Gemüse, Mama?," fragte Robert zu ihrer Linken.

„Nein, danke." Sie schüttelte den Kopf und tupfte sich mit der Serviette den Mund ab.

„Aber du hast doch immer gern Gemüse gegessen."

Sie warf ihm einen strengen Blick zu. „Ich habe gesagt ‚Nein, danke!'"

Robert beugte sich wieder über seinen Teller. Sie betrachtete ihn nachdenklich. Er wurde Wilhelm immer ähnlicher. Dieselbe hohe Stirn, dasselbe schüttere Haar, dieselben wässrig blauen Augen... Nur die Hakennase, die hatte er von ihr. Sie lachte leise. Es klang wie das verhaltene Meckern einer Ziege. Wie auf Kommando richteten sich die Blicke der Tafelgäste auf sie. Man nickte ihr zu und lachte mit, als hätte sie eine geistreiche Posse erzählt. Diese Schmarotzer! Glaubten sie wirklich, sie hätte sie nicht durchschaut? Dachten sie, sie wüßte nicht, wie gleichgültig sie ihnen im Grunde war? Dass sie keiner mehr ernst nahm? Wer war man denn noch mit fünfundneunzig? Ein altes Weib, mit dem man nichts mehr anzufangen wußte, das niemand mehr wollte. Da wurde man für verkalkt gehalten, ob man es nun war oder nicht. - Ach, genaugenommen hatte es doch schon mit achtzig angefangen. Oder vielleicht sogar noch früher?

Vor allem die Jugend, die kannte keinen Respekt mehr. Ihr Ur-Ur-Enkel Wieland war eines dieser modernen aufsässigen Kinder, die alles besser wussten. Sie konnte ihn partout nicht leiden. Mit Kompjuter, Wokmenn und Geemboi, - Ausdrücke, die sie irgendwann einmal aufgeschnappt hatte, - glaubte er, gescheiter zu sein, als alle Generationen vor ihm. Dieses neumodische Zeug, mit dem die Kinder heutzutage spielten! Wussten sie überhaupt noch, was ein Ball war? Oder ein Kreisel? Hätten sie mit Zinnsoldaten etwas anzufangen gewußt? Kannten sie Seilspringen oder Himmel und Hölle?

Und warum sagten sie so vieles auf Englisch. Wenn sie sich schon nicht in ihrer Muttersprache auszudrücken wussten, dann sollten sie doch wenigstens französisch sprechen. Das klang elegant und edel. Kläre liebte Französisch, und noch heute war sie stolz und dankbar, dass sie es 1920 an ihrer Mädchenschule hatte lernen dürfen.

Auch Manieren hatten die Kinder keine mehr. Sogar heute, an ihrem Festtag, trug der Junge eine Kappe. Und das im Juni. Und am Esstisch. Und er hatte sich nicht einmal die Zeit genommen, sie richtig herum aufzusetzen. Wenn der Wilhelm noch lebte, der hätte sie ihm längst vom Kopf gezogen und gefragt: ‚Hast du da etwa ein Spatzennest drunter?' Heute hielt man eine solche Ungezogenheit scheinbar nicht mehr für schlimm genug, um dagegen einzuschreiten.

Wieland war überhaupt ein schreckliches Kind, unfreundlich und überheblich. Wenn sie ihn etwas fragte, hieß es nur: „Uri!!! Das verstehst du nicht!" Und dabei verdrehte er die Augen gen Himmel, als könnte er es nicht fassen, dass sie noch immer Fragen hatte. In ihrem Alter. Als Ur-Ur-Großmutter.

Seit einiger Zeit nannte er sie Uri. Das war irgendwie erniedrigend, fand sie. Das klang wie der Name für einen Saurier. Aber vielleicht war es auch nur der Ton, in dem er das sagte, der sie wirklich kränkte.

Und einmal hatte er sie vor einem seiner Freunde ‚Grufti' genannt, er wußte ja nicht, dass sie es hören konnte. Grufti! Sie hatte verstanden! Ganz so dumm, wie er glaubte, war sie nun wirklich nicht. Sie hatte schon kapiert, was er damit sagen wollte.

Sie schüttelte den Kopf. Oh ja, auch die Jugend hatte sich verändert. Natürlich waren Robert und Beate als Kind auch manchmal aufmüpfig gewesen, aber niemals hätten sie vergessen, dass den Eltern das letzte Wort zukam. Ha, der Wilhelm hatte seine Methoden gehabt, ihnen das klarzumachen, sollten sie es einmal vergessen haben. Er war ein strenger Vater gewesen.

Und wie war es damals, als sie selbst noch Kind war? Da war man den Erwachsenen mit Achtung und Respekt begegnet. Man knickste vor den Eltern und den Großeltern und bedankte sich artig, wenn man etwas geschenkt bekommen hatte. Man akzeptierte, dass sie klug und erfahren waren. Menschen, zu denen man aufblicken konnte.

Wie dieses kleine blonde Lockenköpfchen dort hinten auf der rechten Seite. Es schielte fortwährend zu ihr herüber, ganz verschüchtert, fast ehrfürchtig. Und jetzt lächelte es ihr sogar zu. Kläre lächelte zurück. Für eine Sekunde wurde ihr Blick ganz weich und sanft. Ein süßer kleiner Fratz, dachte sie. Ja, auch Kläre konnte sich vor dem Charme eines liebenswerten kleinen Mädchens nicht verschließen.

Oder der kleine hübsche Junge im dunkelblauen Samtanzug daneben, der artig vor seinem Essen saß und schon geschickt mit Messer und Gabel umgehen konnte. Wer waren diese netten Kinder? Sie konnte sich schwach erinnern, dass man ihr die Namen genannt hatte, aber sie hatte sie wieder vergessen. Vermutlich waren es die Enkelkinder ihrer Großnichte Cordula. War dieses eingebildete Ding, das immer zum Film wollte und sich vor jeder spiegelnden Scheibe in Greta Garbo-Pose drehte und wendete, inzwischen auch schon Großmutter? - Mein Gott, wie die Zeit verging!

Was war denn eigentlich aus Cordulas jüngerer Schwester geworden? Die Blonde, die eine Zeitlang in einem Bäckerladen Brötchen verkaufte, bis sie den kleinen dicken Walter heiratete? - Sie mussten doch auch hier sein, diese Schwester mit ihrem Walter. Wo saßen sie denn?

Kläre schob ihren leeren Teller von sich und griff nach der Lorgnette, die an einer goldenen Kette um ihren Hals hing. Sie mochte dieses Ding. Es war überaus praktisch und sah obendrein noch gut aus. So französisch. Es verlieh ihr einen Hauch von Eleganz und Vornehmheit, das hatte sie vor dem Spiegel ausprobiert.

Nun suchte sie unter den vielen Gesichtern nach Cordulas Schwester.

„Mama, ist was?", fragte Robert neben ihr

irritiert.

Sie suchte weiter. „Nein, was soll denn sein?"

Wieder lächelte ihr die ganze Sippschaft zu. Ah, und da war ja auch die Gesuchte. Hieß sie nicht Margarete oder Margret oder Margit? - So ähnlich jedenfalls.

Mein Gott, hatte die sich herausgeputzt! War wohl extra beim Friseur gewesen. Sie trug ein großgeblumtes lila Kleid mit weißem Kragen. Wie es sich über ihren mächtigen Busen spannte! Sie sah sehr fraulich und mütterlich aus mit ihren fünfundfünfzig Jahren.

Fünfundfünfzig? - Ja, Kläre nickte, das mochte hinkommen. Robert war acht Jahre alt gewesen, überlegte sie, sie selbst etwa achtunddreißig oder neununddreißig, als das Mädchen geboren wurde. Vielleicht auch erst siebenunddreißig? - Oder war es noch früher?

Kläre winkte ab. Ach was, sie hatte keine Lust, nachzurechnen.

Robert versuchte, ihre Handbewegung zu deuten. „Mama, stimmt was nicht? Hast du irgendeinen Wunsch?"

„Nein, nein", antwortete sie und beobachtete, wie er sich noch einmal Gemüse auf den Teller häufte. Robert, ihr Sohn. Er hatte es ihr nicht leichtgemacht, als er zur Welt kam. Ein süßes rundliches Baby, über acht Pfund schwer. ‚So ein Wonneproppen!' hatte sich die Hebamme gefreut. Und wie stolz der Wilhelm war, nun einen Stammhalter zu haben. Beate war zarter gewesen. Die Kinder waren überhaupt sehr verschieden voneinander. Robert blieb immer ein robustes Kind. Er war selten krank, lernte ohne Probleme und wuchs zu einem ansehnlichen jungen Mann heran. Über all die Jahre hat er ihnen nur Freude gemacht, bis...

Kläre stieß einen tiefen Seufzer aus. Wie heißt es doch: Kleine Kinder, kleine Sorgen - große Kinder, große Sorgen.

‚Da ist was dran,' dachte sie. Er war ein wirklich lieber Kerl, bis zu dem Tag, an dem er diese Bettina mit nach Hause brachte. Dieses verwöhnte Mädchen, das alles haben wollte, möglichst ohne etwas dafür zu tun. Das immer nur die Hand aufhielt und maulte, wenn etwas nicht nach ihrem

Willen ging. Robert war vernarrt in sie vom ersten Tag an. Dabei hätte er jede andere haben können.

‚Wir haben ihn gewarnt vor dieser Heirat, der Wilhelm und ich', dachte Kläre kopfschüttelnd, ‚aber er hat nicht auf uns hören wollen.' Der arme Junge, sicher war es nicht immer leicht für ihn mit dieser Frau, doch... c'est la vie! Er hatte sie unbedingt gewollt, - nun hatte er sie! Nur traurig, dass er seiner Frau im Laufe seiner Ehe immer ähnlicher geworden war. Inzwischen schien er genauso geldgierig und skrupellos zu sein, wie sie. Er konnte den Hals nicht voll genug kriegen. Und vielleicht wartete auch er schon darauf, dass seine Mutter das Zeitliche segnete und alles, was sie sich in ihrem Leben erarbeitet hatte, ihm gehörte. Ihm und seiner schrecklichen Frau.

Auch Beates Leben war nicht so verlaufen, wie sie als Eltern sich das vorgestellt hatten. Als Kind war sie klein und zerbrechlich gewesen, wollte nie richtig essen. Doch von Anfang an war sie Wilhelms Liebling gewesen, sein Herzblatt, sein Ein und Alles. Er kam fast um vor Eifersucht und Zorn, als

dieser arrogante Kaufmannssohn daherkam und sie schwängerte. Gott sei Dank hat er sie dann auch geheiratet. Später hat sie noch zwei weitere Kinder von ihm bekommen, - das verstehe, wer will. Jahrelang betrog er sie, ohne dass sie jemals argwöhnisch geworden wäre, das dumme Ding. Sie muß ihm hörig sein, wie sonst hätte sie mit diesem Mann bis heute zusammenleben können. Ja, mehr noch, niemals hat sie es zugelassen, dass man ein einziges böses Wort über ihn sagte. Eine Zeitlang hatte sie sich sogar mit ihren Eltern überworfen, seinetwegen. Erst als der Wilhelm auf dem Sterbebett lag, reichte man sich versöhnlich die Hand. Reine Formsache, verziehen hat sie ihnen nie. Kläre war froh, dass Beate der Einladung zur Geburtstagfeier überhaupt gefolgt war. Was hätten sonst die Leute gesagt. Wenn die eigene Tochter... Gott sei Dank hat sie ihr diese Blamage erspart.
Kläre hob wieder die Lorgnette vor die Augen und fixierte erneut die Magarete-Margret-Margit. Sie war ziemlich rundlich geworden. Bestimmt brachte sie ihre

neunzig Kilo auf die Waage. Na, vielleicht sogar fünfundneunzig. Wenn sie nicht aufpasste, würde sie einmal genauso aus dem Leim gehen wie ihre Mutter.

Aber wer war denn der alte Mann neben ihr? War das nicht Vetter Johann?

Kläre lachte wieder. Schau an, der schöne Johann, der allen Mädchen den Kopf verdreht hat. Alles was recht ist, fesch ausgesehen hat er damals, das ließ sich nicht leugnen. Groß und stattlich, mit braungebrannter Haut und vollem schwarzem Haar. Und Muskeln hatte der! Ein Mannsbild wie aus dem Bilderbuch. Wenn er nicht um einige Jahre jünger gewesen wäre als sie, und wenn es nicht den Wilhelm damals schon für sie gegeben hätte... Olàlà, man weiß ja nie. Vielleicht hätte auch sie schwach werden können bei einem Charmeur, wie es der Johann war. - Na, heute sah man nicht mehr viel davon. Er mußte wohl auch schon bald seine neunzig auf dem Buckel haben. Buckel im wahrsten Sinne des Wortes. Ein spindeldürres krummes Männchen mit fahler Haut, eingefallenen Augen und weißem Flaum auf dem Kopf. Der machte es ganz sicher auch nicht mehr lange.

Aber hatte er nicht einen Bruder, der auch nicht von Pappe war? Den Theo? - Wo war der Theo!? - Ach ja richtig, der war ja schon gestorben. Schon vor vielen Jahren, als der Wilhelm noch lebte. Sie waren zusammen auf der Beerdigung gewesen und hatten sich darüber geärgert, dass der Leichenschmaus so spärlich ausgefallen war. Aber man hatte ja gewußt, dass seine Frau Luise schon immer ein Geizkragen gewesen war.

Wilhelm hatte geizige Menschen gehasst, er selbst war immer sehr großzügig gewesen. In letzter Zeit redete sie manchmal mit ihm, wenn sie vor seinem Bild saß. Sie sagte ihm dann, wie sehr er ihr fehlte. Freilich hatte sie zu seinen Lebzeiten manchen Kampf mit ihm ausgefochten, aber im Grunde hatten sie sich bis zum letzten Tag recht gut verstanden. Oder etwa nicht? Hatte sie das vielleicht nur so in Erinnerung, weil immer nur das Schöne haften blieb, während alles Negative allmählich in Vergessenheit geriet?

Zumindest war die erste Zeit mit ihm sehr schön, das konnte sie beschwören. Sie kicherte, wenn sie daran dachte, wie er damals in seinem neuen grauen Anzug vor ihren Eltern stand und um ihre Hand anhielt. Endlich, nachdem mit der hochnäsigen Fabrikantentochter, die ihn monatelang umgarnt und becirct hatte, Schluß war. Wie er ihrer Mutter seinen Blumenstrauß überreichte und ihrem Vater hoch und heilig versprach, immer treu für ‚seine kleine Kläre' zu sorgen und stets für sie da zu sein. Kläres Wangen bekamen auf einmal ein wenig Farbe.

„Mama, geht es dir nicht gut? Du hast doch nicht etwa Fieber?", fragte Robert besorgt und tätschelte ihren Arm. Ärgerlich schüttelte sie seine Hand ab. Was mußte er sie dauernd stören, wenn sie ihren Gedanken nachging. Er sollte sie doch endlich in Ruhe lassen. Sie alle sollten sie in Ruhe lassen.

Sie versuchte, sich wieder zu sammeln. Worüber hatte sie gerade nachgedacht? Ja richtig, über den Wilhelm. Er wollte immer treu für sie sorgen und stets für sie da sein, das hatte er versprochen.

Sein Versprechen hat er auch gehalten, er hat immer für sie gesorgt. - Aber treu? Da war sie sich nicht so sicher. Da gab es doch dieses rothaarige Frauenzimmer...

Ach, was sollte sie sich heute noch darüber mokieren. Vorbei ist vorbei. Inzwischen stieg der Wilhelm keinen rothaarigen Frauenzimmern mehr nach, sondern saß da oben und wartete auf sie.

,Du mußt dich noch ein kleines bisschen gedulden, Willi', hatte sie erst gestern zu seinem Bild gesagt. ,Ich habe einfach noch keine Lust, den Löffel abzugeben.'

Apropos Löffel. Kläre stellte fest, dass die meisten ihrer Gäste nun mit dem Essen fertig waren. Drei junge Mädchen in adretten weißen Schürzen räumten das Geschirr ab und schenkten Wein nach. Als nächstes sollte es das Dessert geben. Kläre freute sich darauf. Sie mochte Süßes. Meistens war es weich und cremig, und man konnte es leicht hinunterschlucken, ohne es kauen zu müssen. Und wegen Löchern in den Zähnen brauchte sie sich keine Sorgen mehr zu machen, den Dritten konnte man so gut wie alles zumuten.

Bis es soweit war, wollte sie noch einen Schluck Wein zu sich nehmen. Es fiel ihr schwer, mit der zittrigen Hand das Glas zu halten. Sie mußte sich konzentrieren.

‚Ruhig,‘ sagte sie sich und bot ihre ganze Willenskraft auf, ‚ganz ruhig, nur nicht zittern.‘

Es gelang ihr nicht ganz, aber doch soweit, dass der Wein nur ein wenig im Glas hin- und herschwappte, aber Gott sei Dank nichts danebenging.

Der Wein war gut. Ein Trollinger-Lemberger, ganz nach ihrem Geschmack.

‚Man sollte sich viel öfter ein Gläschen zu Gemüte führen,‘ dachte sie. Das war gut fürs Blut. Das frischte die Lebensgeister auf. Obwohl sie mit ihren fünfundneunzig längst nicht die Älteste in der Stadt war, - sie hatte in der Zeitung gelesen, dass eine gewisse Babette Neumann vor kurzem ihren 98. Geburtstag gefeiert hatte, - mußte sie doch zugeben, dass das eine oder andere allmählig nachließ und verschiedenes nicht mehr im allerbesten Zustand war. Eine kleine Auffrischung war daher immer angebracht. ‚Prost!' sagte sie zu sich selbst. ‚Noch einen kleinen Schluck.'

Als schienen die lieben Verwandten nur darauf gewartet zu haben, hoben plötzlich alle ihre Gläser und prosteten ihr zu. Sogar die Kleinen mit ihren Sprudel- und Saftgläsern machten mit.

„Ein Prosit auf unsere liebe Kläre!", rief jemand, und alle stimmten mit ein. „Auf dass sie hundert Jahre alt werde!"

Und dann warteten sie darauf, dass sie den ersten Schluck nahm.

Kläre war ärgerlich. ‚Verdammt noch mal', dachte sie, ‚wie soll ich mich darauf konzentrieren, nichts zu verschütten, wenn mich alle anstarren!'

Aber sie riß sich zusammen, quälte sich ein Lächeln auf die Lippen und bot erneut all ihre Kraft auf. Und es wäre auch gutgegangen, wenn ihr nicht gerade in dem Augenblick, in dem sie den Wein aus dem Glas schlürfte und hinunterschluckte, ein entsetzlicher Gedanke gekommen wäre.

‚Warum starren sie mich eigentlich alle so gespannt an?', fragte sie sich. War es so interessant, einer alten Frau beim Trinken zuzusehen? Wollten sie sich daran laben, zu sehen, wie schwer es ihr fiel, ihre Hand ruhig zu halten? - Nein, das allein war es wohl nicht, sie warteten auf etwas anderes. Auf etwas ganz Bestimmtes. Es lag etwas Lauerndes in ihren Blicken.

Sollten sie..., oh mein Gott, ...sollten sie ihr am Ende etwas in den Wein geschüttet haben? Und nun warteten sie darauf, dass sie ihr Leben aushauchte? Aushustete? - Das war's! Alle zusammen hatten sie beschlossen, ihrem Leben ein Ende zu setzen, um sich endlich an ihren Hinterlassenschaften gütlich zu tun. Wahrscheinlich waren sie der Meinung, fünfundneunzig Jahre seien mehr als genug.

Sie bekam das Zittern ihrer Hand nicht mehr unter Kontrolle. Der Wein schwappte über den Rand des Glases und lief ihr über das Kinn auf ihr dunkelblaues Seidenkleid. Von der Kamee-Brosche unter dem Kragen tropfte er die Knöpfe entlang bis hinunter auf die Serviette, die sie über ihren Knien ausgebreitet hatte. Sie fuchtelte mit den Armen und versuchte, das Glas abzustellen.

Dabei stieß sie an die Tischkante, und es fiel ihr aus der Hand. Blutrot ergoss sich der restliche Wein auf das weiße Tischtuch. Ihre Augen waren vor Entsetzen weit aufgerissen und starr, sie verschluckte sich. Die Gäste fuhren erschrocken in die Höhe. Auch Robert war aufgesprungen.

„Um Gotteswillen, Mama. Was ist passiert!"

Kläre röchelte und japste nach Luft. Ihr Gesicht lief dunkelrot an.

‚Diese Bagage', dachte sie. ‚Sie bringen mich um, damit sie mich endlich beerben können. Sie scheuen vor nichts zurück. Aber sie werden sich wundern.'

Sie gab ein eigenartiges Glucksen von sich. Niemand hätte vermutet, dass es ein Lachen sein könnte.

„Einen Arzt!", rief Robert und klopfte ihr kräftig auf den Rücken. Er versuchte, sie zu stützen, damit sie nicht vom Stuhl fiel.

„Rufe doch endlich jemand einen Arzt!"

‚Alles Theater', dachte sich Kläre, und die Augen traten ihr aus den Höhlen. ‚Ich kriege keine Luft mehr. Sie haben mich vergiftet. Sie wollen an mein Erbe. Sie stecken alle unter einer Decke. Aber ich habe ihnen einen Strich durch die Rechnung gemacht. Keinen Pfennig werden sie kriegen, keinen einzigen Pfennig. Weil ich mein Hab und Gut... dem Tierschutzverein... vermacht habe. Dem Tier-schutz-ver-ein!'

Noch einmal dieses Glucksen, - dann war alles still.

Auch die Gäste, die sich um die Jubilarin geschart hatten, waren still.

- - - - - -

„Sie braucht keinen Arzt mehr", sagte Robert tonlos und schloss ihr die Augen.

Fini! - Aus und vorbei! - Die Feier war vorüber!

Kläre Buntschuh war genau fünfundneunzig Jahre alt geworden.

Eine Nikolausgeschichte

Peterle glaubte längst nicht mehr an den Nikolaus, schließlich war er schon sieben Jahre alt. Seine kleine Schwester Rosi gab sich immer noch Mühe, brav zu sein, wenn es auf den 6. Dezember zuging, aus lauter Angst, sie könnte eine Rute vom Nikolaus bekommen. Doch Peterle wußte, dass es die Eltern waren, die ihren Kindern kleine Geschenke in die Schuhe steckten, deshalb nahm er es mit dem Brav sein auch nicht so genau. Es stimmte schon, dass er sein Zimmer oft nicht aufräumte oder sein Fahrrad über Nacht im Hof stehenließ, dass er meistens keine rechte Lust hatte, seine Hausaufgaben zu machen, oder dass er murrte, wenn er der Mutter helfen sollte. Es stimmte auch, dass er seine kleine Schwester häufig schubste und die Katze am Schwanz zog, aber trotz alledem war er ganz sicher, dass er sich auf seine Eltern verlassen konnte. Am Abend vor dem Nikolaustag stellten sie beide ihre Schuhe vor der Flurtür auf. Neben Rosis auf Hochglanz polierten Stiefelchen nahmen sich Peterles Schnürschuhe aus wie eben aus der Schlacht heimgekehrte Krieger. Ihn störte das nicht, - die Hauptsache schien ihm, dass sie groß genug waren, damit das Polizei-Auto hineinpasste, das er sich so sehnlichst wünschte. Ein Polizei-Auto mit dreifach verstellbarem Sirenengeheul und zwei verschiedenen Geschwindigkeitsstufen.

Nachdem die Eltern schlafengegangen waren und es ganz still im Haus war, schlich sich Peterle noch einmal zur Tür und spähte hinaus. Die Schuhe waren immer noch leer. Er war zwar ein wenig enttäuscht, aber er dachte sich, dass bis morgen früh schließlich noch genügend Zeit war. Schweren Herzens entschloss er sich, abzuwarten und nun doch endlich einzuschlafen.

Er war der erste, der am nächsten Morgen wach wurde, - schon lange, bevor der Wecker klingelte. Barfuß tapste er zur Tür, öffnete sie einen Spaltbreit und blinzelte verschlafen hindurch. Und dann war er plötzlich hellwach! Er riß die Augen auf, kniff sie wieder zusammen und riß sie erneut auf. Doch an dem, was er sah, änderte sich nichts: Seine Schuhe waren leer! Immer noch! Aus Rosis Stiefelchen lächelte ihm eine hübsche blonde Barbie entgegen, und bis oben hin war alles gefüllt mit Schokolade und anderen Süßigkeiten. Nur in seinen Schuhen war nichts! Absolut nichts! - Oder doch? Da blitzte doch etwas Weißes. Peterle griff in die gähnende dunkle Leere seines Schnürschuhes und zog ein zusammengefaltetes Zettelchen heraus. „Hallo, Peterle", las er, „dieses Jahr hast Du es wirklich nicht verdient, dass ich Dich beschenke. Denk nur an die Fünf im Rechnen in der letzten Woche! Und als ich mir neulich Dein Zimmer ansehen wollte, wäre ich fast gestolpert, so wild lagen Deine Sachen herum. Und das ist längst nicht alles, was mir an Dir nicht gefällt. Ich hoffe, dass Du Dich besserst, damit ich Dir wenigstens im nächsten Jahr wieder etwas bringen kann. - Der Nikolaus."

Peterle war entsetzt. Das konnte doch nicht wahr sein! Wie konnte der Brief vom

Nikolaus kommen, wenn es ihn doch eigentlich gar nicht gab? Aber Mamas oder Papas Schrift war das auch nicht, das sah er auf den ersten Blick. Sollte es am Ende doch...?! Gab es vielleicht wirklich...? - Oh Gott, wenn er das gewußt hätte!

Den ganzen Tag schlich er trübsinnig herum. In der Schule litt er Höllenqualen, wenn seine Kameraden von ihren Geschenken erzählten. Er hielt sich immer ein wenig abseits, damit ihn niemand fragen konnte, was er bekommen hatte.

Am Nachmittag hielt er es auch zu Hause nicht mehr aus. Der Anblick seiner Schwester, die glücklich mit ihrer Barbiepuppe spielte, bereitete ihm Bauchschmerzen, und außerdem schämte er sich entsetzlich. Er wollte allein sein. Er vergrub die Hände in den Hosentaschen und machte sich auf den Weg durch die Felder in Richtung Wald. Er mußte nachdenken. Und er dachte nach und dachte nach und dachte nach...

Plötzlich bemerkte er, dass ein alter Mann neben ihm herlief, und er erschrak ein wenig, weil er ihn nicht hatte kommen hören, - so sehr war er in Gedanken gewesen.

„Du siehst so traurig aus, was ist passiert?" fragte der Mann.

Zuerst kniff Peterle die Lippen zusammen und schwor sich, kein Wort zu sagen. Er machte Riesenschritte, als wollte er dem Fremden davonlaufen, aber der blieb immer an seiner Seite und schaute ihn mit freundlichen Augen an. Er hatte graues Haar und einen dichten grauen Bart. Sogar seine Augenbrauen waren grau und buschig.

„Willst Du mir nicht erzählen, was Dich bedrückt?", fragte er.

Eigentlich wollte Peterle nicht, aber der alte Mann mit dem runzeligen Gesicht schaute ihn so lieb und vertrauenserweckend an, dass er schließlich doch begann, zu erzählen. Zuerst nur stockend, aber dann war er auf einmal richtig froh, dass er mit jemandem darüber reden konnte.

„Ich hab ja nicht gewußt, dass es den Nikolaus gibt", schloss er seinen Bericht und hob hilflos die Schultern. „Ich meine, es könnte ja sein, dass es ihn wirklich gibt, oder nicht? Wenn ich das gewußt hätte, hätte ich bestimmt öfter aufgeräumt und wäre vielleicht auch netter zu meiner Schwester gewesen. Und all die anderen dummen Sachen hätte ich auch nicht gemacht..."

Der Fremde brummelte zustimmend und strich sich über den Bart. „Den Nikolaus gibt es wirklich, das kann ich Dir versichern", sagte er dann. „Aber weißt Du, er will ja nicht, dass Du es für *ihn* tust. Du sollst nett zu Deiner Schwester sein, weil sie ein liebes kleines Mädchen ist. Und Deiner Mutter sollst Du helfen, weil sie unendlich viel für Dich tut und immer für Dich da ist. Und auf Dein Fahrrad sollst Du aufpassen, weil es viel Geld gekostet und Dein Vater schwer gearbeitet hat, um es Dir kaufen zu können. - Verstehst Du, was ich meine?"

„Ja," antwortete Peterle und nickte. Jetzt sah er es ein, - jetzt, wo es zu spät war.

Sie waren inzwischen an einer Stelle angekommen, an der sich der Weg gabelte. Der Fremde blieb stehen. „Geh jetzt nach Hause, Peterle", sagte er und schob ihn sanft auf den Weg, der ins Dorf zurückführte. „Ich muß in die andere Richtung."

Peterle sah ihn verwundert an.

„In den Wald?" fragte er.

„Ja, in den Wald," war die Antwort.

Der Junge verabschiedete sich von seinem Begleiter, sah ihm nach und winkte.

Nach ein paar Metern blieb der alte Mann noch einmal stehen und wandte sich um.

„Wenn Deine guten Vorsätze ernst gemeint sind", rief er Peterle zu, „dann kommt der Nikolaus vielleicht auf dem Rückweg noch mal bei Dir vorbei, - falls er dann noch etwas übrig hat."

In Peterle keimte ein Hoffnungsschimmer auf. Vielleicht kam der Nikolaus wirklich zurück, - vielleicht hatte der alte Mann mit dem Bart recht.

Der alte Mann mit dem Bart? - Wie vom Blitz getroffen blieb Peterle stehen und fuhr herum, aber der Fremde war schon hinter den Bäumen verschwunden. Peterle war ganz aufgeregt, und je länger er darüber nachdachte, desto aufgeregter wurde er. Er lief immer schneller, und am Schluß rannte er sogar, und als er dann mit glühenden

Wangen vor seiner Mutter stand, wußte er es mit unumstößlicher Sicherheit: Er war dem Nikolaus begegnet.

„Ich habe den Nikolaus getroffen", platzte er heraus. „Und er hat mir gesagt, dass er vielleicht auf dem Rückweg bei mir vorbeikommt, wenn ich verspreche, mich zu bessern."

Die Mutter lächelte. „Und? Versprichst Du's?"

„Ja!", rief Peterle und nickte. „Ja, ja, ja, ich verspreche es!" Und es war ihm bitter ernst damit.

Zur Sicherheit ließ er auch in den kommenden Nächten seine Schuhe vor der Tür stehen. Er polierte sie sogar so blank, dass sie kaum wiederzuerkennen waren. Und die Mühe lohnte sich: Eines Morgens steckte tatsächlich das Polizei-Auto mit dem dreifach verstellbaren Sirenengeheule darin! Und jede Menge Schokolade. Und viele viele andere Leckereien. Ein bisschen verspätet zwar, aber was machte das schon. Peterle strahlte, und ein dicker Stein fiel ihm vom Herzen. Und als er einmal seinen Freund Klaus sagen hörte: „Pah, es gibt doch gar keinen Nikolaus, das ist doch nur ein Märchen für kleine Kinder!", da lächelte er in sich hinein und schwieg. Er wußte es besser. Den wirklichen Nikolaus erkennt man nicht immer gleich, denn nicht immer trägt er seinen roten Mantel.

DoBuehler@t-online.de

Weitere von Doris Bühler erschienene Romane:

Queenie (2011)

Ramy und Chris (2013)

Irrlichter (2013)

Der Andere (2014)

Wechselspiel (2015)

Das Haus im Nirgendwo (2016)

Im Netz der Lügen (2019)

Dark Moon (2020)

Timeflyer-Trilogie (2021/22):

I- Goodbye Charly
II - So long Ronnie
III- Lebwohl Mellie

Das Mädchen und der Gitarrist (2022)

Begegnung in Paris (2012)
(12 Kurzgeschichten)

Alle Bücher erhältlich bei Amazon